Heiße Nächte im alten Bonn

Kriminalroman

Gudrun Leyendecker

AF191646

1. Auflage 2024

Biografische Information der deutschen Nationalbibliothek: Die Deutsche Nationalbibliothek verzeichnet diese Publikation in der Deutschen Nationalbibliografie; detaillierte biografische Daten sind im Internet über http://dnb.dnb.de abrufbar.

Verlag: BoD • Books on Demand GmbH, In de Tarpen 42, 22848 Norderstedt
Druck: Libri Plureos GmbH, Friedensallee 273, 22763 Hamburg

ISBN: 978-3-8370-1216-3

Gudrun Leyendecker ist seit 1995
Buchautorin. Sie wurde 1948 in Bonn
geboren.

Siehe Wikipedia.

Sie veröffentlichte bisher circa 100 Bücher,
unter anderem Sachbücher,
Kriminalromane, Liebesromane, und Satire.
Leyendecker schreibt auch als Ghostwriterin
für namhafte Regisseure. Sie ist Mitglied in
schriftstellerischen Verbänden und in einem
italienischen Kulturverein. Erfahrungen für
ihre Tätigkeit sammelte sie auch in ihrer
Jahrzehntelangen Tätigkeit als
Lebensberaterin.

Wer gern den Tätern auf der Spur ist, kommt hier auf seine Kosten! Der Inhalt: Nicht nur die Sommernächte können in Bonn extrem heiß sein. Auch im Spätherbst entdeckt Single Frau Clio, dass es auf dem Kopfsteinpflaster der alten Bonner Innenstadt einige kriminelle Spuren zu entdecken gibt. Kommissar Horst Wintertag hat alle Mühe, die junge Buchbinderin an ihren geheimen Ermittlungen zu hindern. Er könnte da ganz anders durchgreifen, wenn nicht gerade Clios Freundin Anna seine Traumfrau wäre ...

In diesem historischen Kriminalroman sind zwar die Personen und Handlungen frei erfunden, findet der Leser jedoch Hinweise auf das Bonn 1974, dem Jahr, in dem ein Bundeskanzler wegen einer Spionageaffäre zurücktrat. Die angespannte politische Situation führte in Bonn zu einem unruhigen Wohnklima. Interessant für die Leser dürfte auch sein, dass das erste Handy erst im Jahre 1992 auf den deutschen Markt kam, also im Jahr 1974 noch nicht zur Verfügung stand.

Heiße Nächte

im

alten Bonn

Kriminalroman

Gudrun Leyendecker

Für meine liebe Freundin Dagi

Danke für die lange und liebe Freundschaft!

Kapitel 1

Den ganzen verregneten Nachmittag lang lässt mir der Gedanke an den gefundenen Schnipsel aus Papier keine Ruhe: Da gibt es im Jahr 1974 immer noch Menschen, die mit Füller und Tinte schreiben!

Mein Blick haftet auf dem Rest eines Briefbogens. Zwischen den verlaufenen blauen Flecken lese ich die Worte „… alles verraten, was ich weiß …" und neben einem riesigen blauen Tintenklecks, der wie ein Glücksschwein aussieht, zeigen sich die Worte „… mir nicht entkommen …". Ganz rechts in einer Zeile, mehr verschwommen als deutlich, springen mir die Worte „letzte Warnung" ins Auge.

Ich habe ein Faible für Handschriften und entdecke, dass die großen Buchstaben nicht nur extreme Höhen und Längen aufweisen, sondern mit Schwung und vermutlich voller Emotionen geschrieben wurden.

Dieser Papierfetzen wirft eine ganze Menge Fragen auf. Wer schrieb diese Sätze und warum? Und weshalb wurde das Blatt zerrissen und achtlos weggeworfen?

Mitten in meine Gedanken hinein erinnert mich die Türglocke, dass mir meine Freundin ihren Besuch angekündigt hat.

Ich eile zur Eingangstür und werde von Maja und einer Flasche Rotwein gedrückt.

„Du hättest es besser haben können", schimpft sie. „Du wolltest ja meine Einladung ins Restaurant nicht annehmen, sondern unbedingt selbst kochen."

Ich führe sie in die Küche. „Das hat der Herd jetzt schon für mich erledigt. Der Nudelauflauf ist schon fertig und kann gegessen werden, wann immer du Appetit hast."

„Ich habe einen riesigen Hunger", gesteht sie mir und greift zum Flaschenöffner. „Willst du Glühwein aus diesem Getränk fabrizieren?"

Ich betrachte das Etikett. „Nein, dazu ist dieser Bardolo zu schade. Du kannst dich gleich hier aufwärmen, mein Vermieter hat die Heizung seit Oktober ziemlich gut auf diese kühlen Außen-Temperaturen eingestellt."

Sie setzt sich an den gedeckten Küchentisch. „Es ist schon komisch, wenn man sich hier an den gedeckten Tisch setzt. Seit meine Eltern so ohne alles dasitzen, kommt einem nicht einmal ein einfacher Kaffeelöffel selbstverständlich vor."

„Stehen sie immer noch unter Schock?" wage ich sie zu fragen und stelle den Auflauf auf den Tisch.

Maja bedient sich. „Ganz bestimmt, sie sind zwar für ein paar Tage jetzt in diesem Hotel gut aufgehoben, aber dann müssen sie ernsthaft darüber nachdenken, wo sie danach ihre Bleibe finden."

„Es wird sicher lange dauern, bis sie das Haus wieder aufbauen können", vermute ich.

Sie stöhnt. „Oh ja! Jetzt muss erst einmal die Brandursache geklärt werden, da sind die Gutachter der Versicherung im Spiel, die Polizei und die Feuerwehr sind ebenfalls reichlich beschäftigt, und bis jetzt ist die ganze Sache noch ein großes Rätsel."

„Das schöne Haus auf dem Venusberg!" sage ich bedauernd.

„Du bist doch auch darin aufgewachsen. Wie fühlst du dich denn jetzt?"

„Das kann man kaum beschreiben. Ich hatte bisher immer gedacht, dass ich nicht so sehr an materiellen Dingen hänge, aber in diesem Haus stecken all meine Kindheitserinnerungen mit allem, was man auch so selbst gestaltet hat. Ich kann noch gar nicht begreifen, dass alles weg ist, was auch mein Vater mit so viel Mühe für meine Mutter geschaffen hat."

„Und die Polizei hat noch gar nichts gesagt, sie haben noch keine Verdächtigen?" Ich fülle den Wein in die Gläser.

„Sie rätseln alle noch, zuerst haben sie behauptet, meine Mutter habe sicher vergessen, eine Heizdecke auszuschalten. Aber sie hatte gar keine."

„Dann hätte es doch viel eher angefangen zu brennen", entgegne ich. „Schließlich waren deine Eltern zu diesem Zeitpunkt schon drei Tage in Urlaub. So lange braucht kein Funken, um ein Haus anzuzünden."

„Sicher nicht", stimmt mir Maja zu. „Sie raten wirklich in alle Richtungen, aber bisher hat alles weder Hand noch Fuß." Sie hebt das Glas. „Lass uns darauf trinken, dass alles gut wird! Und irgendwie bin ich froh, dass meine Eltern zu dem Zeitpunkt gerade weit weg waren. Wie gut, dass ihnen nichts Schlimmeres passiert ist!"

Unsere Gläser klingen aneinander. „Sie werden jetzt viel Hilfe brauchen", vermute ich. „Sie haben ja weder ein Bett noch genügend Sachen zum Anziehen. Und ich glaube nicht, dass die Versicherung etwas zahlt, bevor der Fall geklärt ist."

„Es gruselt mich immer, wenn ich daran denke. Ein Bekannter hatte uns in dieser Nacht geweckt und Leopold und ich, wir sind sofort zum Tatort gefahren. Es war bereits alles gelöscht, aber zwei Feuerwehrautos standen noch zur Nachtwache bereit. Die ganze Luft stank nach Rauch, dem verkohlten Inventar und dem Löschwasser. Um die schwarzen Trümmer herum schwebten die November-Nebel."

„Du wirst auch einige Zeit brauchen, um das zu verstehen", fürchte ich. „Ich hoffe, dass sich deine Lieben gut gegenseitig trösten können."

Maja nickt. „Verstehen kann man das nicht. Die Familie hält gut zusammen, aber der Pfarrer, der nebenan wohnt und uns von Kind an kennt, der konnte mich gar nicht verstehen, als ich weinte. Er meinte, das sei kein Grund, um traurig zu sein, da seien ja doch nur materielle Dinge verbrannt."

Ich atme tief. „Na, der hat gut reden. Diese ganzen Dinge in eurem Haus haben auch ihren ideellen Wert. Ich weiß doch, dass ihr ganz viel selbst gemacht habt, und einer hat es für den anderen getan. Da steckt viel Liebe drin."

Sie nickt. „Oh ja, wir haben gestickt, gestrickt, genäht, gebastelt, gemalt und getöpfert. Mein Vater bastelte Lampen für meine Mutter und schenkte ihr einen selbst gefertigten mit Mosaik-Steinen ausgelegten Tisch." Sie wischt sich eine Träne aus dem Augenwinkel. „Dein Nudelauflauf schmeckt übrigens köstlich."

„Den habe ich auch extra für dich gemacht", sage ich schmunzelnd und lege ihr eine Portion nach.

„Aber was ist jetzt mit dem komischen Zettel?" kommt sie auf mein Fundstück zurück. „Wo hast du diesen Fetzen eigentlich her?"

„Du kennst doch bestimmt das Römer-Plätzchen hier in Bonn, auf dem täglich ein Blumenmarkt stattfindet. Dort ist ein kleines Büdchen, in dem man auch Zeitschriften kaufen kann. Und genau daneben befindet sich ein Papierkorb. Unweit davon leuchtete der Papierschnipsel auf dem Boden und veranlasste mich, ihn aufzuheben."

Maja grinst. „Seit wann hebst du Papierschnipsel auf?"

„Normalerweise nicht, es sei denn sie sehen aus wie Geldscheine. Aber die blaue Tintenschrift lockte mich und machte mich neugierig."

„Und du glaubst jetzt, du hättest einen Hinweis auf eine fürchterliche, kriminelle Tat gefunden?! Wer weiß, wie alt dieses Papier schon ist?! Möglicherweise hat jemand dort seinen alten Müll aus dem Keller entsorgt."

„Ich bin gestern denselben Weg zum Markt gegangen, zu diesem Zeitpunkt war gerade das Kehrmännchen mit seinem Wagen unterwegs, alles war blitzeblank. Es wird also ständig gereinigt."

Meine Freundin seufzt und nimmt einen großen Schluck Wein. „Du hast zu viel Fantasie, wahrscheinlich studierst du jetzt jeden Tag die Zeitung und wartest auf die Ankündigung eines Mordes."

„Also, zu viel Fantasie habe ich wirklich nicht. Was ist in diesem Jahr nicht schon alles passiert?! Denk nur an die Festnahme des berühmten DDR-Spiones, der den Sturz unseres Bundeskanzlers verursacht hat! Und danach gab es hier in Bonn schon eine ganze Menge brandgefährlicher Momente."

Sie nickt. „Du hast ja Recht! Und jetzt der Brand meines Elternhauses, der so viele Rätsel aufgibt. Immerhin wohnt auf dem hinten angrenzenden Grundstück ebenfalls ein bekannter Politiker. Möglicherweise handelt es sich auch um einen Anschlag auf diesen berühmten Mann. Tatsächlich scheint es an verschiedenen Ecken zu brennen."

„Merkwürdig ist das schon alles." Ich hebe erneut das Glas. „Dann trinken wir jetzt darauf, dass sich alles bald klärt und dass es dir und deiner Familie bald besser geht!"

Sie stößt mit mir an. „Und auf uns", fügt sie hinzu. „Und was machst du jetzt mit dem

Papierschnipsel. Gehst du damit zur Polizei?"

„Nein, mit der habe ich auch schon weniger gute Erfahrungen gemacht. Mich hat einmal ein Mann bis zur Wohnungstür verfolgt und wollte mich dort hineindrängen. Tatsächlich habe ich ihn nur abschütteln können, weil ich laut nach der Nachbarin gerufen habe. Als ich diesen Mann später bei der Polizei angezeigt habe, fragten sie mich, ob ich einen Minirock getragen hätte. Was sagst du dazu?"

„Nicht sehr feinfühlig", findet sie. „Aber da hast du noch einmal Glück gehabt, weil du schnell geschaltet hast. Selbst ist die Frau!

Dann hoffe ich für dich jetzt nur, dass in der nächsten Zeit kein Mord geschieht, sonst wirst du sicher ins Grübeln geraten."

„Das ist wohl so", antwortete ich seufzend. „Aber viel wichtiger bist du, sind jetzt deine Eltern. Möchtest du ihnen eine Portion Auflauf mitnehmen?"

„Danke, nein!" lehnt sie ab. „Im Augenblick gibt es noch ganz viele helfende Hände. Das große Feinkostgeschäft auf dem Venusberg hat unserer Familie einen riesigen Korb voller leckerer Sachen geschickt. Ich denke, am Anfang ist das immer so mit der Hilfe. Aber später, nach und nach, kehrt der Alltag wieder ein, und die Aufmerksamkeit lässt nach. Dann werde ich auf dein Angebot wieder zurückkommen."

„Okay", gebe ich nach. „Dann erzähle mir etwas von Leonard oder deinen beiden Kindern. Ich habe sie lange nicht mehr gesehen. Sind die Kleinen jetzt bei deiner Schwiegermutter?"

„Ja, sie freut sich immer, wenn sie die Kinder sieht, und dann werden sie verwöhnt. Aber von Leonard gibt es nicht allzu viel zu erzählen. Er macht tagsüber seinen Job und dann genießt er seinen Feierabend. Er gehört noch nicht zu den neumodischen Männern, die ihren Frauen im Haushalt oder bei der Kindererziehung beistehen. Ich möchte mich mit dir lieber bei einem anderen Thema entspannen. Sprechen wir von unserem Traumreisen, die wir irgendwann einmal machen werden."

Ich seufze leise. „Ja, davon können wir im Moment nur träumen. Aber irgendwann wird es auch für uns beide besser werden, das weiß ich genau."

Kapitel 2

In der darauffolgenden Vollmondnacht finde ich kaum Schlaf, und ich frage mich, warum viele Menschen den Einfluss des Mondes so hartnäckig bestreiten. Natürlich, da gibt es Statistiken, mit deren Ergebnissen die Gegner der Vollmondwirkung behaupten, von hundert Menschen unter Beobachtung hätten beim runden Mond fünfzig prächtig geschlafen.

Aber wie will man wirklich herausfinden, ob ein Mensch aus persönlichen Gründen nicht schlafen kann, oder ob der Vollmond sein Quäntchen dazu tut?! Meines Erachtens sind es sowieso ausgewählt sensible

Menschen, die auf die Mondphasen in einer bestimmten Art und Weise reagieren.

Nachdem ich diese Gedanken während einer ausgiebigen Dusche sorgfältig durchgegangen bin, überlege ich, ob ich meinen Plan für den Samstag verändern soll.

Der Papierschnipsel ist mir wieder eingefallen und lässt mir immer noch keine Ruhe. Ich erinnere mich, dass der Mann meiner ehemaligen Vermieterin, ein Herr Schütte, bei der Kriminalpolizei arbeitet und nehme mir vor, seiner Frau einen Überraschungsbesuch abzustatten.

Wenn ich mir von einer Aktion auch nur halbwegs einen Erfolg verspreche, fackele ich nicht lange, sondern setze meinen Plan umgehend in die Tat um. Deshalb fahre ich nach einem knappen Frühstück mit dem Bus nach Bonn-Ippendorf.

Das Glück ist heute auf meiner Seite, ich finde nicht nur Frau Alicia Schütte in ihrem Vorgarten, sondern auch Peter, ihren Mann.

Als mich meine ehemalige Mieterin erkennt, zieht sie sich sofort ihre Gartenhandschuhe aus und begrüßt mich freudig. „Soll ich Ihnen einen Kaffee machen?" bietet sie mir an.

Ich lehne dankend ab. „Ich habe nur eine kurze Frage, die Sie mir, als Gattin eines Kommissars vielleicht schon beantworten können."

Sie sieht mich erstaunt an. „Eigentlich habe ich gar keine Ahnung von dem, was mein Mann so täglich schafft. Aber wenn es eine allgemeine Frage ist, kann ich möglicherweise helfen."

Ich berichte ihr kurz von meinem Fund und füge hinzu. „Und jetzt bin ich etwas ratlos. Kann man in diesem Fall irgendetwas Vorbeugendes tun?"

Frau Schütte verzieht das Gesicht. „Ich glaube nicht, aber wir haben ja einen Fachmann hier, den können wir direkt fragen."

Die hilfsbereite Frau eilt zu ihrem Mann, erzählt ihm von meinem Fund und bittet ihn, mir ein paar Worte dazu zu sagen.

Seinem ernsten und faltigen Gesicht entnehme ich, dass er sich häufig viele sorgenvolle Gedanken macht. Zwei tiefe Grübel-Falten haben sich zwischen seinen Augen auf der Stirn eingegraben.

Er wirkt etwas genervt, als er mich begrüßt und zu meinem Anliegen Stellung nimmt. „Es tut mir leid, liebe Clio! So wie die Sache aussieht, kann Ihnen momentan niemand helfen. Da gibt es einfach zu viele Möglichkeiten, woher der

Papier-Schnipsel stammen kann. Ja, vielleicht ist er wirklich von einem Einwohner aus Bonn und der Umgebung. Aber von wem? Und die zweite wichtige Frage ist: Um was handelt es sich wirklich? Ist es ein neuer oder vielleicht auch ein sehr alter Brief, der nun entsorgt wurde? Ist es ein Stück aus einem vorgeschriebenen Roman oder der Bericht über den Inhalt eines Films oder eines Theaterstückes. Und das sind jetzt nur ein paar herausgehobene Möglichkeiten."

Frau Schütte ergänzt die Worte ihres Mannes. „Die Polizei kann nicht jeden Bürger fragen, ob er der Verfasser dieser Worte ist."

Er nickt. „Selbst wenn das eine Morddrohung sein sollte, haben wir keine konkreten Angaben, um etwas unternehmen zu können."

Ich seufze. „Dann haben wir wieder einmal das übliche Klischee: Man kann immer erst etwas tun, wenn ein Kriminalfall eingetroffen ist."

Sein Blick mustert mich ernsthaft. „Natürlich unternimmt die Polizei auch einiges zur Vorbeugung, aber hier können wir nichts tun."

Frau Schütte hat eine Idee. „Und wenn man den Zettel in der Zeitung veröffentlicht und nach dem Verfasser sucht?"

„Das könnte Schwierigkeiten geben", vermutet Herr Schütte. „Wenn der Schreiber dieses Briefes sein Werk zur Vernichtung in den Müll gesteckt hat, hat ein anderer nichts daran verloren."

„Aber das Papier war nicht mehr im Mülleimer", gibt seine Frau zu bedenken.

„Ich nehme an, einer der nicht Sesshaften hat im Papierkorb nach alten Flaschen oder Essensresten gesucht. Dabei wird der Schnipsel dann wohl zu Boden gefallen sein."

„Ein Vogel kann es auch gewesen sein", findet seine Frau eine weitere Möglichkeit. „Ich habe einmal in einer Doku gesehen, wie schlau unsere gefiederten Freunde sind. Sie öffnen sich sogar Dosen oder knacken die Nüsse."

„Davon habe ich auch schon gehört", bestätige ich ihr und wende mich an Herrn Schütte. „Könnten Sie nicht wenigstens auf den Polizei-Revieren Bescheid geben, damit man in der nächsten Zeit auf verdächtige Dinge achtet?" schlage ich ihm vor.

Er sieht mich mitleidig an. „In Bonn sind viele Streifen unterwegs, und sie haben sowieso schon genug zu tun. Bestimmt wissen Sie, dass hier die politische Lage in Bonn aktuell sehr brenzlig ist?! Oder haben Sie noch nicht mitbekommen, dass wir momentan mit sehr extremen Strömungen zu kämpfen haben?"

Meine Augenbrauen heben sich automatisch. „Oh doch! Das Elternhaus meiner Freundin, das auf dem Venusberg neben der Villa eines Politikers stand, ist vor ein paar Tagen in Flammen aufgegangen, obwohl die Besitzer in Urlaub waren. Da kommen einem schon einmal Gedanken, auch an irgendwelche politischen Zusammenhänge."

„Das sagen Sie lieber nicht laut!" rät er mir. „Mit den Demonstrationen hat die Polizei momentan genug zu tun. Diese Untergrundbewegung sollte man nicht unterschätzen."

„Oh, ich habe dazu gar keine Meinung", bekenne ich. „Ich habe weder die Qualifikation eines Gutachters der Versicherung, noch kenne ich mich aus mit den Hinweisen, die vermutlich die Feuerwehr entdeckt hat oder noch entdecken wird. Das Auffinden einer Brandursache ist nicht meine Spezialität, ich bin keine Fachfrau."

„Trotzdem scheinen Sie Ihre Spürnase gern in anderer Leute Angelegenheiten zu stecken", unterstellt er mir. „Tun Sie das lieber nicht!"

„Man kann leicht ins Kreuzfeuer geraten, Clio", fügt seine Frau leise warnend hinzu.

„Und was soll ich Ihrer Meinung nach jetzt tun?" frage ich die beiden.

„Gar nichts", rät er mir und zeigt auf seinen Garten. „Ich weiß bei meiner Arbeit auch, wo meine Grenzen liegen. Meine Frau erwartet von mir, dass ich mit ihr ein angenehmes Wochenende verbringe. Und selbst wenn sie etwas über meine Arbeit hören wollte, ich kann und ich darf ihr nichts sagen. Denken Sie einfach an etwas anderes!"

„Sie können nicht die ganze Welt retten", versucht Frau Schütte, mich zu trösten. „Im Leben muss man immer Prioritäten setzen. Helfen Sie dort, wo es sinnvoll ist.

Ein mögliches Verbrechen zu verhindern, wenn man nicht weiß, wer es begehen wird und wo die Tat stattfinden soll, das ist ein unmögliches Vorhaben."

Seufzend gebe ich auf. „Ja dann werde ich diesen Schnipsel wohl einrahmen. Ich wünsche Ihnen noch ein entspanntes Wochenende und auf Wiedersehen!"

Die beiden erwidern meinen Abschiedsgruß, und ich habe das Gefühl, dass sie froh sind, mich wieder los zu sein.

Doch obwohl ich mich bemühe, an andere Dinge zu denken, schiebt sich der Schnipsel immer wieder vor meine inneren Augen, zündet

Gedanken an und schickt meine Fantasie auf abenteuerliche Wege.

Kapitel 3

Maja hat die glänzende Idee, sich mit mir an dem Ausflugs-Lokal Waldau zu treffen.

„Als Kind war ich hier schon mit meinen Eltern", erzählt sie mir, „das war nach dem Krieg, und man bekam hier Buttermilch in Schalen und dazu Zwieback. Das war eine Köstlichkeit."

„Seitdem hat sich viel verändert", finde ich und betrachte das renovierte Gebäude und die vielen Gartentische und Stühle, auf denen gut gekleidete Menschen sitzen.

„Aber das Haus auf unserem Grundstück sieht aus wie nach dem Krieg", gesteht sie mir. „Ich habe viele Städte mit ihren Trümmern gesehen, als ich Kind war, das war schon sehr schlimm, und ich konnte es nie vergessen, aber wenn es einen selbst betrifft, empfindet man es doch noch stärker. Meine Eltern haben ein Angebot bekommen für eine zwischenzeitliche Möglichkeit, ein kleines Dach über dem Kopf zu haben."

„Ja, wer weiß, wie lange alles noch dauern wird. Können Sie bei Verwandten unterkommen?"

„Nein, so viele Verwandten haben wir gar nicht mehr, und mein Vater war Einzelkind. Die Geschwister meiner Mutter, das sind noch zwei, wohnen ziemlich verstreut und weit weg. Aber der Politiker, dessen Haus verschont blieb, der bietet meinen Eltern an, in der kleinen Bude zu leben, in der früher seine Kriminalbeamten zur Bewachung untergebracht waren."

„Ist der Raum nicht ein bisschen klein?" frage ich erstaunt.

„Natürlich, es ist nur ein kleines Zimmer, aber es hat eine Toilette mit einem Waschbecken, und eine elektrische Herdplatte ist auch vorhanden. Sogar einen Kaffee kann man sich dort kochen."

„Das hört sich nicht sehr bequem an", finde ich. „Natürlich, im letzten Krieg hatten es die Menschen nicht einmal so gut. Aber das kann man jetzt nicht vergleichen. Wir haben jetzt Friedenszeiten, und die Wirtschaft blüht und gedeiht."

„Sollen wir zu den kleinen Wildschweinchen gehen?" erkundigt sich Maja, und ich stimme ihr zu.

„Die Wildgehege sind hier sehr tierfreundlich angelegt", bemerke ich. „Alle Tiere, die Rehe, die Hirsche und auch die

Wildschweine haben sehr große Gehege."

Wir spazieren wenige Meter durch den Mischwald, in dem sich bevorzugt Buchen und Eichen in den Himmel strecken und mit kleinen Birken und Kiefern ein Natur-Bild in den verschiedenen Grün- und Brauntönen malen.

Das Gehege der Wildschweine liegt in einem Waldstück, ein großer Drahtzaun trennt die Tiere von den interessierten Besuchern.

Maja bestaunt die kleinen Schweine. „Wie schnell aus den Frischlingen kleine Ferkel geworden sind! Das Schwarzwild wächst erstaunlich schnell."

Wir freuen uns über die drolligen kleinen Tiere und beobachten, wie wohl sie sich in den kleinen matschigen Tümpeln fühlen.

„Das bringt mich irgendwie wieder zu deinem Papierschnipsel", kommt sie auf mein Fundstück zurück. „Ich hoffe, du hast deine Gedanken inzwischen von den möglichen Verbrechen abbringen können, nachdem dir sogar der Kommissar geraten hat, die Sache nicht mehr weiter zu verfolgen."

„Ich weiß zwar nicht, wie du hier von den schmutzigen Schweinchen auf mein verregnetes Papier mit der bedrohlichen Aufschrift kommst, aber ja, ich versuche an andere Dinge zu denken.

Sie lächelt. „Meine Fantasie wird eben momentan auch durch die Umstände angeregt und erhält tragfähige Flügel. Und, ob du es mir jetzt glaubst oder nicht, ich studiere deinetwegen jeden Tag alle Bonner Zeitschriften, um dir als Erste die Neuigkeit zu bringen und dir bei deinen wilden Vorahnungen einen Beweis liefern kann. Leonard schimpft schon die ganze Zeit mit mir und lacht mich aus. Dabei bin ich ihm gegenüber momentan sehr misstrauisch."

Meine Neugier ist geweckt. „Weshalb denn?"

„Er erzählt mir so merkwürdige Dinge. Mittags ist er jetzt häufig bei der Schwester eines Kollegen eingeladen, da gehen die beiden dann essen. Mein Mann sagt, weil sie es dann nicht so weit von der Arbeit hätten. Ich kann mir nicht helfen, aber so ganz normal finde ich das nicht."

„Ja, wer beköstigt schon gern dauernd einen fremden, verheirateten Mann?! Ich habe das Gefühl, du bist überhaupt nicht sehr zufrieden mit deinem Leonhard, oder?"

„Ich wünschte, ich könnte dir etwas Besseres sagen. Aber er schafft es irgendwie nicht, das richtige Verhältnis zu seinen eigenen Kindern zu bekommen."

Ich überlege, ob es dafür eine Erklärung gibt. „Ihr habt sehr früh geheiratet. Du warst einundzwanzig Jahre alt, das ist für eine Frau in der heutigen Zeit normal. Aber er war erst zwanzig, da sind die meisten Männer noch nicht erwachsen. Fürchtest du, dass er sich jetzt ein bisschen austobt und nachholt, was er in seiner Jugend versäumt hat?"

„Eigentlich traue ich ihm nicht zu, dass er mich betrügt, er spricht immer so, als ob er ein Moralapostel wäre. Er regt sich immer furchtbar auf, wenn andere Leute etwas Schlechtes tun, oder einer den anderen betrügt. Auf der anderen Seite erzählte er mir auch neulich, dass er bei einem anderen Kollegen ebenfalls in der Mittagspause gewesen sei, und dort hätten sie sich einige „verbotene Filme" angeschaut.

Ich sehe sie nachdenklich an. „Dein Leonhard sieht tatsächlich wie ein biederer Ehemann aus, andererseits sind die stillen Wasser und die Moralapostel auch die Schlimmsten. Was willst du nun tun?"

„Nicht viel, ich kann ihm nichts beweisen, und ich habe auch keine Lust, ihm den ganzen Tag nachzuspionieren. Ich bin mit den Kindern beschäftigt, die sind noch klein und brauchen mich, und sie sind für mich wirklich das Größte. Außerdem glaube ich, dass ich die Zeit meiner großen Liebe schon hinter mir habe. Du weißt doch, damals, als ich siebzehn war, da sind wir uns begegnet, mein Traummann und ich. Aber ich habe die Liebe zu ihm ganz fest im Herzen eingeschlossen, weil unsere Begegnung nicht unter einem guten Stern stand."

Ich sehe meine Freundin fragend an. „Dann liebst du Leonard nicht genug?"

„Offensichtlich nicht, sonst wäre ich doch sicher viel eifersüchtiger. Aber mir bleibt auch gar keine Zeit, darüber nachzudenken. Ich nutze lieber jede freie Minute, um mit meinen Kindern etwas zu unternehmen. Ich bin so glücklich, dass sie mir vom Himmel geschenkt wurden."

„Da stimme ich dir absolut zu, Maja. Bestimmt beneiden dich viele Frauen um dieses Glück. Dann kann ich für dich nur hoffen, dass dein Mann wirklich so brav ist wie er vorgibt zu sein. Was macht er jetzt gerade?"

„Er ist wie viele andere Millionen Männer auf dem Fußballplatz, mit einem neuen Arbeitskollegen, der zufälligerweise mal keine Schwester und keine Frau hat. Stattdessen lebt er allein mit seiner Mutter in einem kleinen Haus." Sie lacht. „Und die ist schon sehr alt."

„Es ist schon merkwürdig, wie viele Menschen sich doch immer wieder auf eine Partnerschaft einlassen, obwohl sie so schwierig ist. Im Moment bin ich ganz glücklich, dass ich solo bin."

Maja schmunzelt. „Aber du solltest dich doch mal wieder umschauen, ein paar nette Männer soll es ja auch geben. Vor allen Dingen müssten sich deine Gedanken dann nicht so viel mit dem Müll anderer Leute beschäftigen."

Mit diesen Worten hat sie mich zum Lachen gebracht, und sie stimmt fröhlich mit ein.

„Aber gib zu, dass diese Schweinchen hier auch ganz unterhaltsam sind", wende ich mich von diesem gefährlichen Thema ab.

Kapitel 4

Am Montag durchflutet, untertrieben gesagt, nicht das beste Arbeitsklima unsere kleine Buchbinderei. Mein Chef hat Kopfschmerzen, die Chefin ist beim Zahnarzt, und einige meiner Kollegen und Kolleginnen haben sich vom Wochenende noch nicht erholt.

Trotzdem treibt uns der Chef zur Arbeit an. „Die Partien für die Uni müssen heute noch fertig werden. Und die Bücher für die Pathologie sind schon lange überfällig."

Doch seine wiederholten Mahnungen kommen bei den meisten nicht gut an, das Arbeitstempo stockt von Zeit zu Zeit, und ein Gähnen macht immer wieder erneut die Runde.

Dankbar wird die Frühstückspause begrüßt, und wir holen uns unsere Thermos-Flaschen aus den Spinden im Vorraum. Während die ersten Gesellen ihre Butterbrotdosen auspacken, holt Ulrich, der Lehrling, für die weniger sparsamen Kollegen Brötchen und Zeitungen.

Der Chef schaut noch einmal zu uns herein. „Ich hole jetzt meine Frau vom Zahnarzt ab. Und denkt daran, die Partien müssen heute fertig werden!"

Ein hörbares Aufatmen zieht wie ein frischer Wind durch die Mitglieder dieser müden Belegschaft, als sich die Tür hinter dem Buchbinder-Meister schließt. Einige meiner Kollegen nutzen die Gelegenheit, die Kaffeebecher noch einmal aufzufüllen.

Der älteste Geselle, unser Setzer und Drucker, vertieft sich in die Tageszeitung und überfliegt die

Schlagzeilen. Wenige Minuten liest er intensiv und schweigt.

Plötzlich steht er auf und stellt sich in die Mitte des Raumes. „He, Kinder! Hört mal zu! An diesem Wochenende hat es drei Mordfälle gegeben. Da passiert jahrelang gar nichts, und jetzt auf einmal findet die Polizei drei Leichen."

Ich traue meinen Ohren nicht und frage nach. „Machst du jetzt irgendwelche makabren Witze?"

Aber er schüttelt den Kopf. „Unsinn! Über sowas würde ich doch keine Witze machen. Das ist zwar nicht alles am Wochenende passiert, aber die Taten wurden jetzt aufgedeckt. Ein Fall ist sogar schon gelöst."

Auch die anderen werden daraufhin neugierig und gruppieren sich vor ihm.

„Na, dann schieß mal los!" bittet ihn das Lehrlingsmädchen Stella.

„Eine männliche Leiche gibt es, das ist wohl ein bekannter Geschäftsmann, ein Hartmut, der hier nur mit dem Anfangsbuchstaben seines Nachnamens erwähnt wird. Das zweite Opfer ist die Bedienung einer Bar, eine Trudi F. Die dritte Tote fand man in ihrer Wohnung in der Bonner Weststadt, sie ist ein privates Callgirl und Frau eines Taxifahrers. Sie wurde schon am Samstag gefunden, und ein junger

Mann aus der Nachbarschaft ist der Täter."

„Wie hat man denn den Täter so schnell gefunden?" erkundigt sich Horst, ein Geselle.

„Er hat sich seiner Mutter anvertraut, und das ist wohl eine sehr bedrückende Geschichte. Er ist wohl etwas zurückgeblieben, und Zeugen haben ausgesagt, dass ihn seine Mutter als Kind früher deswegen viel geschlagen hat. Zwischendurch war er auch öfter in einem Heim, weil sie nicht fähig war, ihn vernünftig zu erziehen. Offenbar wollte er wohl aus Rache seine Mutter ermorden, aber letztendlich hat er sich für diese Tat ein anderes Opfer ausgesucht, eine Person, die in der Nachbarschaft ziemlich verschrien war: die Frau des Taxifahrers."

„Das ist ja fürchterlich", murmele ich. „Es müsste einen Kinderführerschein geben, nicht alle Menschen sollte man auf die wehrlosen Würmchen loslassen."

Stella stimmt mir zu. „Ja, manche Eltern dürften gar keine Kinder haben." Sie wendet sich an den Drucker. „Und weiter, Alfons! Was ist mit den anderen Mordfällen? War es denn immer Mord, oder können es auch Unfälle gewesen sein?"

„In der Zeitung steht „Mord". Aber das bringt ja hier unser blutiges Blättchen, nicht unsere seriöse

Tageszeitung. Die Schreiben irgendeine verrückte Schlagzeile und machen dann einfach ein Fragezeichen dahinter. So sind sie fein raus dem Schneider."

„Die Polizei wird das schon herausfinden", vermute ich.

Stella seufzt. „Was auch immer da geschehen ist, und ob es die Polizei herausfindet oder nicht, ich finde es einfach gruselig. Da leben wir hier so arglos in der schönen, kleinen Bundeshauptstadt Bonn und ahnen überhaupt nichts. Jetzt wage ich mich überhaupt nicht mehr auf die Straße."

Horst beißt in sein Butterbrot und spricht mit vollem Mund. „Die meisten Morde sind doch

Beziehungs-Taten. Da geht die Polizei systematisch vor. Die Mörder findet man meist im Umkreis der Opfer."

Ich wende mich an Alfons. „Wo fand man denn die Bardame und wo den Geschäftsmann?"

Er grinst. „Du willst es aber genau wissen! Geht wieder deine detektivische Ader mit dir durch?! Wenn du nichts zum Tüfteln und Rätseln hast, bist du wohl nicht zufrieden, oder?"

„Ich bin eben ein Mensch, der sich einmischt", entschuldige ich mich. „Und bisher konnte ich dabei so manches Mal jemandem helfen. Also, was steht da über die jeweiligen Fundorte?"

„Der Geschäftsmann wurde in seinem Garten gefunden, eigentlich galt er als verreist, deswegen hat man ihn auch erst jetzt entdeckt, denn der Mord muss schon vor einer Woche geschehen sein."

Ich atme auf. „Dann hätte ich ihn also nicht mehr verhindern können."

Meine Kollegen sehen mich erstaunt an. „Was hast du denn damit zu tun?" fragt mich Anna, mit der ich auch schon seit längerer Zeit gut befreundet bin.

„Ich hatte doch diesen Papierschnipsel in der Bonner Innenstadt gefunden", erinnere ich sie. „Seitdem bin ich ganz unruhig und hatte gehofft, einen Kriminalfall verhindern zu können."

Jetzt werden auch die anderen neugierig, und ich muss ihnen haargenau jedes Detail über mein Fundstück und meine Vermutungen berichten.

Stella staunt. „Dann glaubst du, es handelt sich um eine Erpressung, der ein Mord folgte?"

„Ganz genau!" Ich wende mich an den Drucker. „Und was war mit dieser Trudi? Wo hat man sie gefunden und wann ist die Tat geschehen?"

Alfons sucht im Text nach den Angaben. „Das ist auch schon fünf

Tage her, man fand sie in ihrer Wohnung, aber sie hatte sich krankgemeldet und wurde von niemandem vermisst. Also, auch da hättest du mit Vorsorge nichts verhindern können."

„Das beruhigt mich etwas. Trotz dieser schlimmen Nachrichten kann ich mir jetzt sagen, dass ich nichts versäumt habe." Ich wende mich an Anna. „Bist du nicht mit diesem Kommissar Wintertag befreundet?"

Sie schmunzelt. „Befreundet ist zu viel gesagt. Ich möchte nur Freundschaft, aber er will ständig mehr."

Horst grinst. „Er wäre doch eine gute Partie für dich. Warum siehst du ihn dir nicht einmal näher an?"

Anna reißt die Augen auf. „Um Himmels Willen! Soll ich mir täglich solche Schauergeschichten anhören?! Es reicht mir schon, wenn mir Clio immer mit ihrem detektivischen Spürsinn auf die Nerven geht", fügt sie scherzend hinzu.

„Du bist hier in der Bücherei falsch", wendet sich Stella an mich. „Du hättest besser zur Kripo gehen sollen."

„Nein, nein!" wirft Anna beruhigend ein. „Ich bin froh, dass ich Clio hier immer an meiner Seite habe. Ich verlege täglich irgendetwas und meine gute Kollegin und Freundin findet es mit ihrer Spürnase sofort. Sie hat mir sogar einmal geholfen, die Untreue eines Ex Freundes zu beweisen."

Ich lege den Arm um Annas Schultern. „Keine Sorge! Ich bleibe dir erhalten. Die Bonner Kriminalität ist mir nicht konstant genug. Da gibt es jahrelang nichts, und jetzt plötzlich drei Morde auf einmal, von denen zwei noch aufgeklärt werden müssen. Das ist mir doch auch zu stressig."

Meine Freundin sieht mich erstaunt an. „Und ich dachte jetzt, du wolltest mithilfe deines

Papierschnipsels diese aktuellen Fälle lösen?!"

„Überredet", versuche ich, sie sofort festzunageln. „Aber ich brauche deine Hilfe."

„Meine Hilfe?" Ihre Augen weiten sich. „Mein Spürsinn ist so groß wie der einer Winkekatze."

„Ich bin davon überzeugt, dass du weitaus mehr Spürsinn entwickeln kannst als diese entzückenden Dekorationsstücke. Aber ich kann dich da völlig beruhigen, ich benötige dich lediglich als Informationsquelle."

Anna ist immer noch irritiert. „Ich weiß doch gar nichts, und habe noch nicht einmal eine Verbindung zu diesem blutigen Zeitungsblatt."

„Ich weiß", beruhige ich sie. „Es geht nur um deinen Verehrer, den Kommissar Horst Wintertag."

„Oh weh, noch ein Horst", wirft der junge Geselle ein. „Hoffentlich gibt das kein Durcheinander mit ihm und mir."

Meine Freundin schüttelt den Kopf. „Bestimmt nicht. Aber es besteht nur eine lose Verbindung zwischen uns, rein freundschaftlich. Da kann ich nichts für dich tun, Clio."

„Ich habe auch nicht daran gedacht, dass du eine Vermittlerrolle übernehmen solltest", beruhige ich sie. Nein, du brauchst ihn auch nicht für mich auszufragen."

Sie sieht mich misstrauisch an. „Was hast du dir denn sonst ausgedacht?"

„Du könntest ihn mal zu einem Kaffee einladen, und ich komme dann zufällig vorbei", schlage ich ihr vor.

Sie verzieht das Gesicht. „Nein, das ist nicht gut. Wenn ich ihn einmal in der Wohnung habe, dann bleibt er immer stundenlang, und dann verspricht er sich auch wieder etwas davon. In einem Straßencafé, da könnten wir das Ganze arrangieren. Ich bin dir ja noch eine ganze Menge Gefälligkeiten schuldig."

„Auch Unsinn!" wehre ich ab. „Bei Freundinnen wird doch nicht aufgerechnet. Du bist mir nichts schuldig. Trotzdem bin ich dir dankbar, dass du mir hilfst. Aber im Café ist das schlecht. Wenn ich dann plötzlich dazukomme, steht er auf und geht weg. Du musst ihn schon irgendwo hinbringen, wo er nicht fliehen kann."

„Du musst das doch gar nicht so versteckt anfangen", wendet sich Alfons an mich. „Mit dem Schnipsel kannst du einfach zur Polizei gehen, die können doch eine Schriftprobe machen und nachschauen, ob der Schnipsel zu dem Umkreis der Beteiligten passt."

„Ich war schon neulich bei der Polizei, und die hat mich ausgelacht, und ein Kommissar Schütte, der Mann meiner ehemaligen Vermieterin hat auch schon seinen Senf dazu gegeben. Auch er konnte nichts für mich tun", berichte ich.

„Ja, aber jetzt liegt der Fall ganz anders, jetzt gibt es Opfer, und da könnte dieser Schnipsel nun doch helfen. Gib ihn einfach noch mal der Polizei!" rät er mir.

„Das hilft mir gar nichts", versichere ich ihm. „Jetzt möchte ich tatsächlich mithelfen, diesen einen Fall aufzuklären, zu dem mich das Schicksal geführt hat."

Stella lacht. „Erstens gibt es mehrere Fälle? Und woher willst du wissen, zu welchem das Papier gehören könnte? Und zum Zweiten wird die Schrift dann wohl eher dem Mordopfer gehören, das seinem Mörder gedroht hat. Das hilft der Polizei nun auch nicht weiter, denn die Opfer kennt sie bereits."

„Und auf dem Papierschnipsel steht ja kein Name oder Hinweis auf den Mörder", fügt Anna hinzu. „Fingerabdrücke kannst du auch vergessen, wenn der Zettel so lange im Regen gelegen hat."

„Der Zettel ist jetzt gar nicht mal so wichtig", finde ich. „Jetzt geht es mir um die ganze Geschichte. Irgendein Bauchgefühl sagt mir, dass ich die Möglichkeit habe, den Fall mit aufzuklären."

Anna schüttelt den Kopf. „Der Kommissar wird dir mit Sicherheit keine Einzelheiten erzählen, auch nicht, wenn er weiß, dass du meine Freundin bist. Er ist ein Beamter, und Beamte sind nicht bestechlich.

Alfons lacht. „In Einzelfällen schon. Das hat es alles schon gegeben. Trotzdem kann ich mir nicht vorstellen, wie du das anstellen willst, Clio."

„Das lass mal meine Sorge sein", lasse ich mysteriös verlauten. „Ich brauche nur die Verbindung zum Kommissar Wintertag, und alles Weitere wird schon laufen."

Kapitel 5

Als ich Kommissar Wintertag auf Annas Terrasse die Hand reiche, bin ich enttäuscht. Er sieht nicht aus wie ein findiger Kriminalist, sondern eher wie der etwas trottelige Kriminalbeamte aus der bekannten amerikanischen Serie, jener bedacht sprechende, etwas verschlafene Typ, der immer einen hellen Trenchcoat trug.

Doch schon im nächsten Moment rechne ich mir dadurch gute Chancen aus, ihm einige Geheimnisse entlocken zu können.

„Da ihr beide meine Freunde seid, dürft ihr ruhig Du zueinander sagen", versucht Anna zu vermitteln. „Das ist der Horst, und meine liebe Retterin in Not ist die Clio. Macht es euch schon mal bequem, denn ich muss schnell noch die Sahne schlagen. Ohne frisch geschlagene Sahne schmeckt der Pflaumenkuchen einfach nicht", begründet sie ihren

Abgang und zwinkert mir vielsagend zu.

Meine Freundin hat für mich den guten Platz ausgesucht, es ist der bequeme Gartenstuhl auf der breiten Tischseite, der mir den frontalen Blick auf den Kommissar erlaubt.

„Anna hat mir viel von dir erzählt", beginnt Horst das Gespräch. „Und ich habe mir gestern von meinem Kollegen sagen lassen, dass dein gefundener Zettel nicht uninteressant ist. Tatsächlich könnte er einen Hinweis auf einen der beiden Mordfälle ergeben. Wenn sich die Schrift tatsächlich als identisch mit der Handschrift eines der beiden Opfer erweist, werden wir dich noch einmal ins Kommissariat bitten, damit du uns mehr über den Fundort erzählen kannst. Wer weiß, möglicherweise ergeben sich daraus wiederum neue Aufschlüsse."

Ich sehe ihm in die Augen. „Das freut mich sehr, dass mein Fundstück jetzt ernst genommen wird. Und obgleich ich wie alle anderen Bonner Bürger über die Geschehnisse sehr bestürzt bin, tröste ich mich doch mit der Tatsache, dass ich die Taten nicht mehr hätte verhindern können. Sie sind ja vor dem Auffinden des Schnipsels geschehen."

Er nickt. „Ja, das hast du immerhin so angegeben. Und ich würde das erst einmal glauben. Rein theoretisch hättest du das Papier auch schon länger in deiner Handtasche haben können."

Was soll das jetzt? Misstraut er mir etwa? Denkt er, ich hätte etwas damit zu tun und will etwas verbergen? Aber nein, ich tröste mich schnell. Ein Kommissar muss von Berufs wegen misstrauisch sein und ist es gewohnt, Fangfragen zu stellen.

Ich setze ein freches Grinsen auf. „Ja, ja, die Frauen und ihre Handtaschen. Immer wieder der gleiche Witz, und das Schöne daran ist, dass es gar kein Witz ist."

„Sicher wären wir uns also sowieso begegnet", fährt Horst

unbeirrt fort. „Deswegen hatte ich auch nichts dagegen, dass wir uns heute hier privat begegnen. Immerhin feiern wir als beste Freunde gemeinsam mit Anna dieses besondere Jubiläum."

Ich denke scharf nach. Was hat ihm meine Freundin jetzt wieder erzählt? Sie hat weder Geburtstag noch Namenstag, noch weiß ich von irgendeinem Jubiläum. Aber sicher hat sie es gut gemeint, sie wollte ihm einen triftigen Grund bieten, diesem Treffen zuzustimmen. „Sie hat mir schon viel von dir vorgeschwärmt", schwindele ich, um ihm den Wind aus den Segeln zu nehmen und ihn positiv für mich und meine Belange einzustimmen.

Er rutscht verlegen ein bisschen hin und her und erinnert mich an den kleinen Stefan, Maias Sohn, der auch nicht stillsitzen kann, wenn er aus der Bonbondose etwas stibitzt hat.

„Ich kenne Anna schon sehr lange", erzählt er mir. „Aber leider hat sie wohl schon negative Erfahrungen in der Liebe gemacht, deswegen hält sie etwas mehr Distanz als mir lieb ist."

Vielleicht ist es gut, jetzt erst einmal an Land zu gewinnen, überlege ich. Ich muss geduldig sein und das Thema Mordfälle etwas zurückstellen. „Ich bin mit Anna auch schon sehr lange befreundet. Und dadurch, dass wir in derselben Firma arbeiten, haben wir die Möglichkeit eines engen Kontakts."

Horsts Augen beginnen zu leuchten, und ich spüre, dass auch in ihm eine Hoffnung erwacht, durch mich an sein Ziel zu kommen. „Anna ist eine wunderbare Frau", beginnt er zu schwärmen. „Sie ist einfach perfekt: hübsch, klug und ein Mensch, der bescheiden seinen Weg geht, ohne auffallen zu müssen. Nur mit einer ihrer wesentlichen Einstellungen komme ich nicht zurecht."

Erstaunt sehe ich ihn an. „Da fällt mir im Moment nichts ein. Welche Einstellung ist das?"

„Sie ist in einer Hinsicht zu bescheiden, und da mangelt es ihr an Selbstbewusstsein. Sie denkt, dass sie als Handwerkerin nicht gut genug sei als Frau eines Kriminalbeamten. Wie kann man nur solche veralteten Ansichten haben?!"

Davon hat mir Anna bisher noch nichts erzählt, aber ich denke, sie hat sich diese fadenscheinige Ausrede extra für ihn ausgedacht. „Dieses Klischee stammt wirklich aus alten Zeiten", stimme ich ihm zu. „Ja, glücklicherweise habe ich bei uns im Betrieb die Möglichkeit, durch viel Lob das Selbstbewusstsein meiner Freundin aufbessern zu können."

Er lächelt. „Ich glaube, da bin ich bei dir an der richtigen Adresse, wenn ich eine Verbündete suche."

Dieses Mal grinse ich nur innerlich. Wenn du wüsstest, Junge! Ich bin ganz sicher, dass ich bei dir an der richtigen Adresse bin, um mehr über die Mordfälle erfahren zu können.

In diesem Augenblick erscheint Anna mit einer großen Schüssel Schlagsahne, die sie mitten auf den Tisch stellt. „Ich hoffe, ihr habt euch schon mit Kaffee und Pflaumenkuchen bedient!"

„Wir haben uns gut unterhalten", behauptet er. „Aber dein Pflaumenkuchen wird jetzt zu Ehren kommen."

Sie schenkt uns Kaffee ein, und ich verteile Kuchen, von der Sahne bedient sich jeder selbst.

„Wie gut, dass sich ein Mordfall schon geklärt hat", beginnt Anna und wirft mir einen schnellen, aber vielsagenden Blick zu.

Ich hoffe, dass Horst ein wenig mit seinem Wissen glänzen will und freue mich, dass er auf das Thema anspringt. „Ja, das ist eine große Erleichterung für Schütte und mich. Trotzdem gibt es auch da jetzt noch etliche klärende Gespräche."

„Oh ja, die Protokolle müssen sicher noch geschrieben werden", bleibt meine Freundin bei diesem Thema. „Es ist schon sehr erschütternd, wie sich brutale Erfahrungen in der Kindheit bei einem erwachsenen Menschen später auswirken können."

„Das können wir bei Tätern oft nachvollziehen", stimmt ihr Horst zu. „Und wenn sich dieser Täter nicht selbst seiner Mutter anvertraut hätte, wären wir ihm wohl so schnell nicht auf die Spur gekommen. Er wirkt still und verschüchtert und auf mich sehr sympathisch."

„Sicher war es eine Tat im Affekt mit einem tieferen Ursprung in der Seele", vermutet Anna. „Was mag da wohl alles in seinem Kopf und in seinen Gefühlen herumgewandert sein?! Seiner

Mutter war er wohl immer wehrlos ausgeliefert gewesen. Aber ich denke, so unbedarft, wie sie war, hat sie wohl auch häufig über dieses Callgirl hergezogen und sie vermutlich als charakterlose, unanständige Person hingestellt. Da dachte ihr Sohn womöglich, er sei im Recht, wenn er sie statt seiner Mutter bestraft."

„Ihr Lebenswandel gab ihm recht", fügt Horst in einem bedauernden Ton hinzu. „In ein gutbürgerliches Klischee passt keine verheiratete Frau, die nebenbei als Callgirl arbeitet. Gott sei Dank hatte sie keine Kinder."

„Da hast du wohl oft schon Fälle erlebt, bei denen dir der Täter leidtat", versuche ich, den Kommissar weiter auszufragen. „Der Lebensweg eines Täters ist sicher häufig mit Katastrophen gepflastert."

Er seufzt. „Nun ja, auch andere Menschen erleben Katastrophen, aber sie werden nicht immer zu Tätern."

„Und viele werden nicht entdeckt oder bleiben in legalem Rahmen", fügt Anna hinzu.

So, damit haben wir jetzt schon einmal das Eis gebrochen, finde ich und lenke das Gespräch in eine andere Richtung. „Dieser Pflaumenkuchen schmeckt fantastisch", lobe ich meine Freundin. „Wie bei meiner Oma aus Kindertagen. Was hältst du davon, Horst. Haben wir nicht eine ganz besondere Freundin?!"

Er wirkt wieder leicht verlegen. „Natürlich, und jetzt wollen wir dein Jubiläum feiern, liebe Anna!"

Jetzt bin ich gespannt, was hat sie sich nur ausgedacht?

„Trinken wir darauf: Ich habe mir seit einem Jahr keine Schuhe mehr gekauft, und das ist für eine Frau schon eine ganz besondere Leistung."

Kapitel 6

Der herbstliche Wald zeigt sich in seiner bunten Pracht. Beim Spaziergang durch den Kottenforst atmen wir die herbe, aromatische Luft tief ein. Es duftet nach Erde, Pilzen, feuchtem Laub und den immergrünen Pflanzen.

Maja stößt ein Stein mit der Fußspitze weit weg. „Ich kann dir gar nicht sagen, wie sauer ich auf Leonard bin. Er hat doch tatsächlich meine Schwester aus der Wohnung geschmissen, dabei sind unsere beiden Jungen wirklich noch so klein, dass sie mal für eine Zeitlang in einem Zimmer schlafen können."

Ich verziehe das Gesicht. „Konntest du gar nicht vermitteln? Er muss doch einsehen, dass Uta jetzt nach dem Brand des Elternhauses, durch den sie alles verlor, völlig mittellos dasteht."

„Leonard selbst hatte ihr das Zimmer angeboten", berichtet sie, „aber seitdem sie jetzt viel neues Inventar einkauft und in unserer Abstellkammer unterbringt, zeigt er sich immer genervter. Er hat so lange mit ihr gestritten, bis sie schließlich freiwillig auszog. Jetzt hat sie ein Zimmer in einer kleinen Pension in Bad Godesberg, die Arme!"

„Diese Handlungsweise, schnell einzukaufen, ist doch verständlich", finde ich. „Jemand, der nichts mehr besitzt, fühlt sich mittellos. Der Boden wurde Uta unter den Füßen weggezogen, als alles verbrannte. Sie hat nichts Vertrautes mehr um sich herum."

„Ganz genau, aber das lässt sich Leonard ja nicht erklären. Die Kinder fanden es ganz lustig, ihre Tante mal bei sich zu haben. Schließlich ist sie berufstätig und da gab es vorher nicht so viel Gelegenheit."

„Dein Mann zeigt sich wieder einmal von seiner negativen Seite", überlege ich. „Und davon gibt es in der letzten Zeit sehr viele. Hast du schon mal überlegt, dich von ihm zu trennen?"

Maja seufzt. „Innerlich habe ich mich schon ziemlich weit von ihm entfernt. So unfreundlich, wie er sich den Kindern gegenüber verhält, dass darf einfach nicht sein. Aber ich möchte die Familie nicht auseinanderreißen. Kinder brauchen doch beide Eltern. Und ich habe mal gehört, ein schlechter Vater sei besser als gar keiner."

Ich spüre, dass sich meine Augenbrauen heben. „Wo hast du

das denn gelesen? Ich bin nicht sicher, ob das so generell stimmt. Kommt ihr denn jetzt wenigstens mit dem Geld hin?"

„Meine Schwester hat mir etwas zur Miete dazugegeben, und ich mache immer noch ein wenig Heimarbeit. Neuerdings verkaufe ich amerikanische Kosmetikartikel an den Haustüren. Und du wirst es nicht glauben, ich habe sogar Erfolg."

Ich schenke ihr ein Lächeln und lasse die Füße durch das Herbstlaub gleiten, bis es raschelt.

„Warum soll ich dir das nicht glauben. Du bist doch mutig, du lebst mit einem Mann, dem du nicht trauen kannst, der eure gemeinsamen Kinder nicht so behandelt, wie es richtig wäre, und du sparst an allen Ecken und Enden. Ich traue dir schon zu, dass du etwas auf die Beine stellen kannst."

„Ja, ich wünschte mir schon, Leonard wäre etwas weniger egoistisch, aber auch er ist eben so erzogen worden. Anstatt den Kindern mal etwas von seinem Trinkgeld mitzubringen, trägt er alles in seiner Mittagspause in die Metzgerei und isst sich dort satt. Seine Butterbrote bringt er dann abends den Kindern mit."

„Dieser miese Kerl!" entfährt es mir. „Ein Vater sollte zuerst an seine Kinder denken und dafür sorgen, dass sie satt werden. Was hast du denn von ihm?"

Sie stöhnt leicht. „Ich bin eben nicht so erzogen worden, dass man immer daran denkt, was man von jemanden hat. Ich wollte einfach eine Familie haben, normale Kinder und einen normalen Mann. Und dass das Leben nicht leicht ist, hat man mir von Anfang an gesagt und auch gezeigt. Die Krankheit meiner Schwester hat von uns allen viel Rücksicht verlangt."

„Vielleicht solltest du einmal etwas mehr Rücksicht für dich verlangen", schlage ich ihr vor. „Und wie ist es jetzt mit deinen Eltern weitergegangen. Tut sich da etwas mit der Klärung der Brandursache? Rührt sich die Versicherung?"

„Oh nein! Da tut sich überhaupt nichts. Gutachter sind dran, von allen Seiten, aber es kommt nichts Brauchbares heraus. Einer hat gesagt, es gäbe da verschiedene Brandherde, aber sicher ist sich keiner."

„Dann könnte es doch mit der politischen Lage zu tun haben", überlege ich. „Eine Brandstiftung, die vielleicht nur als Warnung für einen Politiker gedacht war, für den Ex-Bundespräsidenten, der in eurer Nähe wohnt."

„Ein paar Stimmen vermuten das, aber es gibt auch viele

Gegenstimmen, die immer noch daran festhalten, dass es eine Fahrlässigkeit meiner Eltern gewesen sei. Auf jeden Fall wohnen sie momentan sehr beengt in diesem kleinen Büdchen. Darin ist es auch nicht sehr warm, und mit dem winzigen Waschbecken ist auch die tägliche Körperpflege keine reine Freude."

„Will denn dein Vater das Haus wieder aufbauen, wenn die Versicherung zahlt", wage ich zu fragen.

Sie seufzt. „Jung ist er nicht mehr mit seinen achtundsechzig Jahren, da gönnen sich andere Menschen ein gemütliches Rentnerleben. Aber ich denke schon, dass er wieder ein Häuschen haben möchte, für sich und meine Mama, die er so sehr liebt. Hoffen wir nur, dass die Versicherung endlich einmal voran macht, denn so ein Hausbau dauert auch etliche Monate."

Ich sehe sie besorgt an. „Und jetzt steht der Winter vor der Tür. Das ist schon ein schwerer Schicksalsschlag für deine Familie", bedauere ich sie.

Sie versucht, etwas Gutes daran zu finden. „Aber wir leben noch alle, und wir sind auch noch einigermaßen gesund. Im Gegensatz zu deinen Mordopfern, in deren Schicksal du hineingeraten bist. Konntest du inzwischen etwas ermitteln?"

„Ich habe bei Anna den Kommissar Wintertag kennengelernt, und er macht seinem Namen alle Ehre. Er wirkt ruhig und besonnen und ab und zu ein wenig schüchtern."

Sie lacht. „Und ich habe mir jetzt einen strahlend sonnigen Wintertag vorgestellt. Oder aber einen, in dem die Schneestürme toben. Du meinst also den langweiligen, grauen Wintertag, an dem es nicht richtig hell wird?!"

„So genau weiß ich das auch noch nicht", gebe ich zu. „Jedenfalls sehe ich kein Feuer in ihm brennen, und er wirkt nicht so, als wäre er auch neugierig auf den

Fortgang der Geschichte. Für mich sieht es so aus, als mache er einfach nur seine Arbeit, ruhig, und ohne emotionale Beteiligung."

„Das muss er wohl auch", erinnert sie mich. „Stell dir vor, er würde mit jedem Opfer wahnsinnig mitleiden und mit Wut nach den Tätern suchen. Bei einem Kommissar ist es wohl die Mischung eines guten Einfühlungsvermögens und der nötigen Distanz."

„Jaja, ich weiß schon, was du meinst", antworte ich schmunzelnd. „Bei mir dagegen ist es völlig anders. Ich fühle mich infiziert mit einem kleinen Flächenbrand und untersuche bereits mit Akribie die Umfelder der Opfer."

„Wie hast du das denn bisher angestellt?" fragt sie erstaunt. „Hast du den Kommissar bestochen oder verführt?"

„Weder noch, aber er ist in Anna verliebt und verspricht sich von mir offenbar eine gute Vermittlung. Heute Abend sind wir bei Bitzers, in der kleinen Schenke verabredet, weißt du, in der neben der Don-Bosco-Schule."

„Ich weiß wohl, wo der Bitzer ist, aber darf dir der Kommissar denn alles erzählen?"

„Sicher nicht. Aber ich habe mir bereits Vorkenntnisse angeeignet, um ihn aus der Reserve zu locken. Ich habe mir nämlich bereits die Firma des ermordeten Hartmut K. näher angeschaut und mich mit seiner Sekretärin unterhalten. Daher weiß ich, dass er in die Firma hineingeheiratet hat. Sie gehörte nämlich den Eltern seiner Frau."

„Das klingt interessant, vielleicht hat ihn der Schwiegervater umgebracht, weil er die Firma in den Ruin führte", rätselt sie. „Aber wie bist du an die Sekretärin gekommen?"

„Ich bin nach Köln gefahren, denn dort befindet sich der Haupt-Firmensitz. Sie stellen Hüte her, und ich habe tatsächlich ein

Exemplar auf die Schnelle gebastelt und dort gefragt, ob man Interesse an diesem Modell hätte."

Sie lacht schallend. „Und die Sekretärin hatte ein offenes Ohr für dich? Hat sie direkt mit dir gequatscht?"

„Nun ja, der Hut ist so hübsch geworden, dass er ihr gefiel, und sie hat ihn sofort anprobiert. Da habe ich die Gelegenheit genutzt und sie in die Cafeteria eingeladen."

Sie grinst. „Du Schlitzohr! Und den Hut hast du wirklich selbst gemacht?"

„Ja, sicher! Natürlich ist er nicht perfekt, aber ich habe mir

Vorlagen aus der Rokokozeit angesehen, und dieses Modell ist wirklich süß. Dir würde diese Kreation übrigens auch stehen."

„Du nutzt wirklich alle Tricks", findet sie. „Hast du auch schon etwas über die Bardame Trudi herausgefunden?"

Ich nicke und fühle mich stolz. „Ja, ich habe die Bar in der Bonner Innenstadt schon besucht. Sie ist kein Striptease-Lokal, und das Opfer ist keine Animier-Dame und zumindest offiziell auch keine Prostituierte."

„Dann hätte man sicherlich den Täter unter ihren Freiern suchen müssen, und das wäre sehr schwierig geworden", überlegt sie.

„Und wie willst du jetzt weiter vorgehen? Und warum bist du eigentlich auf beide Fälle so wild?"

„Bis jetzt habe ich noch keine Nachricht, ob die Handschrift einem Mann oder einer Frau gehört. Es gibt einen Mann und eine Frau als Opfer. Momentan bin ich da noch völlig offen, aber ehrlich gesagt, inzwischen interessieren mich beide Fälle."

Maja lacht. „Das habe ich mir schon gedacht. Verbrenn dir nur nicht die Finger! Bonn ist ein heißes Pflaster, nicht nur wegen des Brandes unseres Elternhauses und der augenblicklichen politischen Lage. Drei Morde innerhalb so kurzer Zeit, das macht dieser Kleinstadt so schnell auch keine Großstadt nach."

„Ein trauriger Rekord!" stimme ich ihr zu. „Und je mehr Fälle aufgeklärt werden, desto mehr werden sich die Täter vor der Entdeckung fürchten."

Sie lacht mich aus. „Bei den Beziehungsdaten ist in der Regel viel Emotionales im Spiel, sogar bei den lange aus Hass geplanten Morden. Und jeder der Mörder glaubt, nicht entdeckt zu werden. Oft sind sie so besessen von ihrem Vorhaben, dass sie alles um sich herum beiseiteschieben. Da kannst du also mit deiner Aufklärung nicht viel Vorsorge betreiben."

„Ich lasse mich nicht entmutigen", fahre ich unbeirrt fort. „Irgendein Schicksal hat mir diesen Papierschnipsel zugeschoben, und deswegen fühle ich mich jetzt verantwortlich."

„Ich verstehe dich", behauptet sie. „Trotzdem muss man eben realistisch bleiben. Nicht jeden Mord kann man verhindern."

Ich seufze. „Aber den Mord an dem Callgirl, der hätte wohl verhindert werden können. Man will übrigens diesen jungen Mann, den Kieso, für unzurechnungsfähig erklären, und er wird sicher in eine Heilanstalt kommen. Seine Mutter müsste verurteilt werden, sie ist für die Entwicklung ihres Kindes verantwortlich."

„Ja, leider werden es die Richter nicht so sehen", bedauert sie. „Nicht einmal Anstiftung zum Mord wird man ihr vorwerfen können. Da gibt es in den Gesetzen noch eine gewaltige Lücke."

„Die Prügel, mit denen sie ihren Sohn misshandelt hat, sind wohl jetzt auch nicht mehr so nachweisbar, selbst wenn es einige Nachbarn gibt, die als Zeugen auftreten könnten."

Sie stimmt mir zu. „Wer weiß, ob überhaupt Zeugen den Mut hätten, jetzt noch auszusagen. Vielleicht haben sie auch ein schlechtes Gewissen und fühlen sich schuldig, weil sie damals nicht eingegriffen haben."

„Eine schlimme Sache! Und wie willst du jetzt weiter vorgehen, Mrs. Holmes?"

„Heute Abend treffe ich mich mit dem Kommissar und werde so viel wie möglich aus ihm herauslocken. Für morgen früh bin ich mit Frau Schneider verabredet, das ist die Vermieterin von Trudi. Dafür fahre ich dann nach Alfter, und das liegt im Vorgebirge, dort wo der berühmte Spargel wächst. Nachmittags bin ich dann mit Sigrid verabredet, das ist die Sekretärin, die meinen Hut so toll findet."

„Hat sie den Hut etwa behalten?"

„Nein, sie hat ihn tatsächlich weitergeleitet. Aber sie hat mich gebeten, ihr einen ähnlichen anzufertigen."

Wir sind am Parkplatz angekommen, auf dem mein Auto wartet. „Du musst jetzt nicht mit dem Bus fahren, Maja. Ich fahre dich jetzt schnell mit dem Wagen nach Hause. Bis zum Tannenbusch ist es ja nicht so weit. Traurig ist es, dass du kein Auto besitzt."

Sie freut sich. „Danke, dann habe ich etwas Zeit gespart. Aber heute sind die Kinder ja bei der Oma, Leonards Mutter, und die ist immer froh, wenn sie etwas Zeit mit den Kindern verbringen kann.

Übrigens, eines interessiert mich jetzt doch sehr: „Wie hast du die Vermieterin und diese Sekretärin dazu gebracht, dass sie dir beide einfach alles erzählen wollen? Hast du dich etwa als Journalistin ausgegeben?"

Ich amüsiere mich. „Nein, das hatte ich gar nicht nötig. Ich habe die beiden Frauen gefragt, ob sie auch meiner Meinung sind, dass Frauen mit ihrem Spürsinn und ihrer Intuition viel dazu beitragen können, einen Mordfall schneller aufzuklären, und da haben sie mir recht gegeben. Ich konnte ihnen glaubhaft versichern, dass ich mit Kommissar Wintertag in Verbindung stehe und praktisch in die Fälle eingebunden bin."

Maja lächelt. „Ich hoffe, du erreichst dein Ziel. Aber solange beide Täter noch frei herumlaufen, kannst du auch leicht ins Kreuzfeuer geraten. Bitte pass also auf dich auf!"

Kapitel 7

Horst hat für mich ein Glas Weißwein und für sich ein Bier bestellt. Während er die Speisekarte studiert, beobachte ich ihn aus halb geschlossenen Augen.

Er wirkt auf mich seriös und zuverlässig. Ob er wohl seine Schweigepflicht etwas lockert, wenn es um Anna geht?

Höflich, aber ohne einen Anflug von Charme, bestellt er Bratkartoffeln und Spiegelei, und ich finde, dass dies eine würdige Kombination zu seinem Bier darstellt.

Ein Salat mit Hähnchenstreifen erscheint mir willkommen, und die Bedienung lächelt mich zustimmend an. Schließlich bestellen das viele Frauen, um zu zeigen, dass sie ein wenig auf ihre Figur achten.

„Wirst du davon auch satt?" fragt mich Horst. „Bestell dir ruhig etwas mehr, ich lade dich doch ein."

„Das ist nett von dir", antworte ich lächelnd, „aber nur, wenn ich mich beim nächsten Mal revanchieren darf."

„Na schön", gibt er nach. „Und wir können auch wieder mal etwas zu dritt unternehmen. Schließlich möchte ich mich auch bei Anna für die Einladung zu Kaffee und Kuchen bedanken. Hat sie ihre Erkältung überwunden?"

Da ich nichts von einer Erkältung weiß, und sie eben noch mit mir putzmunter telefoniert hat, muss ich improvisieren.

„Es ist Herbst, das ist so die typische Zeit für die lästigen Infekte", rede ich mich heraus. „Aber Anna ist zäh, die lässt sich so schnell nicht umwerfen. Ich werde sie einmal auf eine Unternehmung zu dritt ansprechen."

Er sieht mich erfreut an. „Was mag sie denn gern? Das hat sie mir nie so genau verraten. Beim Kino streikt sie, und zum Tanzen hatte sie auch nie Lust."

„Sie geht gern in Museen", behauptete ich, weil ich mir vorstelle, dass sich dabei kein enger Körperkontakt ergeben wird. „Da du gerade vom Tanzen sprichst, ich dachte, diese Trudi sei in einer Tanzbar aufgetreten. So hat es sich jedenfalls im Zeitungsbericht angehört. Aber ich war schon dort, wo sie gearbeitet hat, und es ist einfach ein Lokal, in dem viel getrunken wird. Das hört sich doch schon ganz anders an. Findest du nicht?"

Er nickt. „Ich war auch schon dort und genauso erstaunt wie du. Dieses Zeitungsblatt ist bekannt für Übertreibungen, da kann man sich schnell falsche Vorstellungen machen."

„Sie war eine ganz normale Thekenbedienung", fahre ich fort, „und sehr beliebt in dem Lokal."

Er nickt und stößt mit mir an. „Das habe ich auch schon herausgefunden."

„Da sie vermutlich nicht jeden Kneipenbesucher mit nach Hause abschleppte, wird sich die Täter-Gruppe bestimmt schnell einschränken lassen."

Er nickt. „Morgen wird es sicher auch in der Zeitung stehen, denn diese verrückten Journalisten dieses Wildwestblattes sind wie die Aasgeier, Trudi hat keine Verwandten mehr, jetzt bleibt uns noch die Aufgabe, ihr Umfeld zu checken."

„Wie schön für dich! Dann wirst du schneller Erfolg haben und wahrscheinlich wieder mehr Zeit für Anna", locke ich ihn. „Ein weiterer Hinweis ist doch, dass ihre Wohnung aufgebrochen wurde, das lässt auf einen Täter schließen, der sie kannte."

Er sieht mich verständnislos an. „Deine Logik verstehe ich jetzt nicht. Das musst du mir näher erklären!"

„Gern. Denn wenn man der Zeitung glauben soll, besaß sie weder Geld noch Wertgegenstände, sondern ackerte sie sich mehr schlecht als recht durch das Leben. Welcher unbekannte Dieb bricht schon in die Wohnung einer armen Frau ein? Was soll er gestohlen haben? Nein, wenn du mich fragst, wenn er etwas Kompromittierendes in ihrer Wohnung gesucht hätte, dann wäre auch ein andermal die Gelegenheit besser gewesen. Er hätte tagsüber genug Zeit gehabt, dort einzubrechen, während sie arbeitete. Der Einbruch war fingiert, um abzulenken."

„Natürlich bin ich mit meinen Gedanken auch schon so weit gekommen wie du. Aber ich schließe nicht aus, dass der Mörder auch etwas von ihr haben wollte, das sie ihm verweigert hat. Vielleicht Drogen oder so."

Ich hebe die Augenbrauen. „Und dann hat er sie umgebracht, weil sie ihm diese unbekannte Sache nicht gab? Nein, das glaube ich nicht. Dann hätte er die Wohnung nicht aufgebrochen. Er hätte er bei ihr geklingelt und ihr gedroht, so lange bis sie ihm nachgegeben hätte. Schließlich war ihr bestimmt doch auch das Leben lieber als irgendwelche Gegenstände, oder als Drogen."

„Jetzt verstrickst du dich in viel zu viel Theorie", mahnt er mich. „Ja, möglicherweise hat er sie besucht und die Tür hinterher aufgebrochen, damit es so aussieht wie ein ganz gewöhnlicher Einbruch. Das müssen wir alles noch viel genauer untersuchen. Und wir müssen tatsächlich alle Mordmotive in Betracht ziehen, auch wenn es so aussieht wie ein ganz einfacher Einbruch."

„Glaubst du persönlich denn an einen einfachen Einbruch?" hake ich nach.

Die Bedienung serviert die gewünschten Speisen, und wir wünschen uns einen guten Appetit.

„Nein, daran glaube ich tatsächlich auch nicht."

Er scheint noch nicht viel gegessen zu haben, denn er isst ziemlich hastig. Ich denke an den Spruch, den mir meine Oma stets zitierte: Wer schnell isst, ist auch schnell bei der Arbeit. Aber meine Vorstellungskraft vermag es nicht, diesen Spruch auf ihn anzuwenden.

Langsam und bedächtig genieße ich den Salat und betrachte mein gegenüber zwischendurch immer wieder aus den Augenwinkeln.

Plötzlich führt er sein Bierglas an den Mund, nimmt einen tiefen Schluck und sieht mich lauernd an. „Das Labor hat jetzt bei den neuen Schrift-Vergleichen des Papiers herausgefunden, dass es sich nicht um die Handschrift der Opfer handelt. Die ganze Sache wäre ja auch viel zu einfach gewesen."

„Wieso das?" frage ich erstaunt, und ich verberge meine Enttäuschung über seine Mitteilung.

„Ganz einfach. Sicher hast du dir das so zusammengereimt: Dieser Erpresser, Mann oder Frau, wer auch immer es gewesen ist, wurde von einem ihm bekannten aber uns unbekannten Täter getötet. Und jetzt kommt der große Denkfehler: Dann ist der Täter durch Bonn gelaufen, hat den verräterischen Brief zerrissen und am Blumenmarkt in den Mülleimer geworfen."

„Was ist denn daran so verkehrt?" frage ich ihn.

„Ein Täter hätte einen so verräterischen Brief direkt derart vernichtet, dass er nie wieder aufgetaucht wäre. Entweder hätte er ihn verbrannt oder ganz klein zerrissen an verschiedenen Stellen in ganz unterschiedlichen Müllbehältern entsorgt."

„Vielleicht fehlte dem Täter die Gelegenheit, den Papierschnipsel zu verbrennen. Und möglicherweise fehlte ihm auch die Zeit, das Papier in winzige Teile zu zerreißen. Vielleicht hat er die einzelnen Papierstücke tatsächlich in verschiedenen Müllbehältern untergebracht und dort verschwinden lassen. Wer weiß?!"

„Nun ja, das ist ja graue Theorie", wehrt er ab. „Der Zettel ist also nicht mehr von Bedeutung, und du kannst dich langsam entspannen. Jedenfalls liegt er jetzt gut aufgehoben im Polizeiarchiv. Falls sich demnächst also eine neue Leiche findet, können wir ihn wieder zur Hand nehmen. Jetzt konzentriert sich die Polizei stattdessen erst einmal auf das Umfeld der Opfer. Und du kannst völlig beruhigt sein, es ist nicht unser erster Fall."

Ich sehe ihn lauernd an. „Dann willst du bestimmt auch nicht aus dem Nähkästchen plaudern, oder? Kriminalfälle haben mich immer schon interessiert."

„Du hast den falschen Beruf erwischt", meint er. „In den Büchern, die du täglich bearbeitest, wirst du sicher nicht viel lesen können."

So schnell lasse ich mich nicht entmutigen und habe Lust, ihn zu provozieren. „In der Mittagspause schaue ich gern in die Bücher der Pathologie. Erstaunlich, was man da alles feststellen kann."

Entsetzt sieht er mich an. „Beim Mittagessen? Hast du denn dann überhaupt noch Appetit?"

Ich grinse nur leicht und lasse meiner Fantasie freien Lauf. „Deiner Figur nach zu urteilen hat dir deine Arbeit bis jetzt auch noch nicht den Appetit verdorben. Anna findet auch, dass du eine angenehme, stämmige Figur hast. Sie mag absolut keine dürren Knochengerüste."

Sein Gesicht erhellt sich augenblicklich. „Nein? Dann kann ich also weiter hoffen. Hast du nicht auch den Eindruck, dass wir sehr gut zusammenpassen können?"

Was für eine Frage! Ich atme tief durch und suche nach einer diplomatischen Antwort. „Rein äußerlich gebt ihr ein angenehmes Bild ab, so als Paar", beginne ich umständlich. „Aber um dir mehr sagen zu können, müsste ich dich schon besser kennen lernen. Schließlich weiß ich so gut wie gar nichts von dir, während ich meine Freundin Anna doch schon viele Jahre fast tagtäglich sehe."

„Bis jetzt haben wir ja auch fast nur über die Arbeit gesprochen", beschwert er sich. „Wir können gern ein paar gemeinsame Unternehmungen planen."

Ich runzele die Stirn. „Ab und zu habe ich schon noch einen Abend frei. Aber ich habe ein Talent, die Wesenszüge eines Menschen gut erfassen zu können, wenn er über seinen Beruf spricht, über seine Arbeit, über seine Berufung. Schließlich füllen diese Tätigkeiten doch einen großen Teil des Lebens aus."

Er seufzt. „Wenn ich Feierabend habe, bin ich froh, abends nicht mehr über die Tagesarbeit reden zu müssen. Daher gehe ich auch gern zur Entspannung zum Angeln."

Ich sehe ihn mit großen Augen an. „Das wäre für mich eine Katastrophe. Dabei würde ich noch mehr ins Grübeln kommen. Und bei jedem Fisch, den ich an Land zöge, stellte ich mir einen Täter vor, der mir ins Netz gegangen ist."

Er seufzt. „Ich korrigiere mich. Du hast einfach zu viel Fantasie und könntest die Kriminalfälle komplizieren. Ist Anna denn auch so verrückt auf diese Storys?"

„Es berührt sie nur am Rande", gebe ich zu. „Wir gehen gern spazieren, das habe ich mit all meinen Freundinnen gemeinsam.

Dabei unterhalten wir uns natürlich viel über den üblichen Frauenkram."

„Was ist das denn? Mode? Kosmetik? Filmschauspieler?"

„Selten. In der Regel geht es um Partnerschaften, und mit meiner Freundin Maja unterhalte ich mich auch wieder über Familien-Angelegenheiten. Reisen und ein bisschen Kultur gehören selbstverständlich auch dazu."

Er atmet auf. „Na, das ist doch schon was. Meinst du, ich sollte Anna zu einem Wochenende nach Paris einladen?"

„Damit würde ich noch etwas warten", rate ich ihm. „Wenn es

um Gefühle geht, so empfinde ich sie noch als Mädchenknospe. Apropos Mädchen, meinst du, dieser Hartmut K. hatte eine Geliebte, die ihn ermordet hat? Er ist doch erschossen worden, das tun doch ganz gern die Frauen, damit alles schnell und schmerzlos abgehen kann."

„Wir wissen noch nicht, ob er eine Geliebte hatte. Seine Frau und sein Sohn waren zur Tatzeit in Urlaub in Rom, die werden wir vermutlich bald als Täter ausschließen können. Wir überprüfen gerade noch, ob sie auch wirklich dort in Italien Tag und Nacht anwesend waren."

„Ich sehe schon, dass du fleißig bist. Anna hat ein Faible für arbeitsame Männer. Was für ein Zufall, dass Trudi auch erschossen wurde! Meinst du, es könnte derselbe Täter sein? Haben die beiden Morde etwas miteinander zu tun? Vielleicht war es ja auch Kieso, der seinen Hass gründlich ausgelebt hat, mit einem Rundumschlag."

Horst leert sein Bierglas und schüttelt den Kopf. „Dieser junge Mann hat für die beiden anderen Tat-Zeiten ein Alibi, und das Call-Girl Nerina wurde auf eine andere Art und Weise getötet."

Ich stelle fest, dass sein Blick wieder etwas reservierter wird und wechsle das Thema. „Dann habe ich dir jetzt mit Gesprächen über die Arbeit keinen schönen Feierabend beschert", heuchle ich Bedauern. „Es tut mir leid. Das werde ich beim nächsten Mal bestimmt wieder gutmachen. Ich habe übrigens gar keine Ahnung, wie man angelt. Dazu braucht man doch bestimmt ganz besondere Fähigkeiten. Muss man da nicht äußerst sensibel sein, wenn man mit Fischen umgeht?"

Er sieht mich aufmerksam an, und ich habe das Gefühl, er wünschte jetzt, in meinen Kopf hineinsehen zu können. „Ich habe einen Angelschein", antwortet er trocken und beobachtet meine Reaktion.

Ich heuchele Interesse und lächelte ihn erwartungsvoll an. „Der ist bestimmt schwer. Fällt man da auch so leicht durch wie beim Führerschein?"

Tatsächlich scheine ich ihn davon überzeugt zu haben, dass ich wirklich neugierig bin, und er stürzt sich mit Passion auf das angebotene Thema.

Zwei volle Stunden hält er sich daran fest, bevor ich mein Gähnen nicht mehr unterdrücken kann. Er bezahlt die Rechnung, und nachdem ich mich ausgiebig für die Einladung bedankt habe, trennen wir uns, wie mir scheint, beide mit einem zufriedenen Gefühl.

Kapitel 8

Anna wohnt in einer der hübschen kleinen Wohnungen der Siedlungs-GmbH, die nach dem Krieg die Wohnanlage neben der Apfelallee errichtet hat.

Gedacht waren sie ursprünglich für Bundesbedienstete, aber die Eltern meiner Freundin konnten recht schnell ihre Karriere starten und als Ministerialräte ein eigenes Häuschen bauen.

Als ihre Eltern auszogen, hatte sie die Möglichkeit, in der preisgünstigen Wohnung bleiben zu können.

Wir sitzen auf ihrer kleinen Terrasse und genießen den sonnigen Sonntagnachmittag bei einer Tasse Schokolade.

Sie sieht mich schmunzelnd an. „Da hast du also den ganzen Abend mit diesem humorlosen Typen, meinem Dauerverehrer verbracht, während ich mich beim Tanztee in der Beethovenhalle in Jürgen verliebt habe."

„Gut, dass er das nicht wusste", finde ich. „Und wer ist jetzt dieser Jürgen?"

„Er arbeitet als Sozialarbeiter, und er hat wunderschöne blaue Augen. Wirklich himmelblau", schwärmt sie. „Er tanzt nicht nur gut, er ist auch recht unterhaltsam, denn er steht mitten im Leben und hat keine Flausen im Kopf."

„Das hat Horst auch nicht", necke ich sie. „Also, was ist so besonders an deiner neuen Flamme?"

„Man kann mit ihm über alles reden. Und das ist es doch, was wir Frauen uns insgeheim wünschen, obwohl wir wissen, dass dieser Wunsch unrealistisch ist."

„Das ist tatsächlich viel wert", stimme ich ihr zu. „Dann habt ihr bestimmt vor, euch wieder zu treffen?"

„Natürlich. Aber deinetwegen werde ich die Treffen vorerst an Orten stattfinden lassen, an denen mich Horst nicht entdecken kann. Ich möchte deine Ermittlungen nicht blockieren."

Ich seufze leicht. „Es ist schwierig, alles aus dem Kommissar herauszulocken. Aber ich denke, momentan komme ich auch ganz gut allein weiter. Ist es nicht gemein von uns, wenn wir Horst weiter Hoffnung machen?"

„Ich werde ihm in den nächsten Tagen noch einmal zu verstehen geben, dass ich mich freue, ihn als guten Freund zu haben, aber mehr nicht. Wenn er sich dann trotzdem Hoffnung macht, ist es sein Bier", entscheidet sie.

„Gut, dann werde ich mich jetzt auch etwas zurücknehmen", verspreche ich. „Genau genommen hat er mir gestern auch zu verstehen gegeben, dass ich mit den Fällen nichts mehr zu tun habe, weil die Schriftprobe nicht zu den Opfern passt."

„Das hat er mir heute Morgen auch am Telefon gesagt. Aber wer weiß, ob die Schriftprobe nicht vielleicht zu den Tätern passt", gibt sie zu bedenken.

Ich runzele die Stirn. „Wie meinst du das? Ermordet man nicht im Allgemeinen seinen Erpresser?

Oder denkst du, ein Erpresser könnte auch sein Opfer ermorden?"

„Natürlich, theoretisch ja. Zum Beispiel, wenn das Opfer droht, die Polizei einzuschalten, oder einfach, weil sich dieser Mensch weigert, das zu tun, was der Erpresser verlangt. Aber sicher wirst du inzwischen schon einige Hinweise bekommen haben. Was haben dir Frau Schneider und diese Sekretärin Sigrid über die einzelnen Opfer erzählen können?"

Ich stärke mich mit einem Schluck Kakao. „Ich habe sehr viele Sachen erfahren, die meine Ermittlungen weiterbringen können. Zuerst habe ich Frau Schneider in Alfter besucht. Sie war sehr freundlich und hat mir direkt einen Kaffee angeboten. Sie ist schon lange Witwe und sehr viel allein, daher war sie froh, dass sie vor fünf Jahren ein Zimmer an Trudi vermieten konnte. Allerdings musste sie dann hinterher feststellen, dass diese junge Frau nicht allzu gesprächig ist und sich häufig zurückzog. Aber die traurige Biografie ihrer Mieterin konnte sie mir dann doch recht lückenlos weitergeben. Trudis Eltern sind sehr früh gestorben, Geschwister hatte sie nicht, dann geriet sie an einen Mann, der einen Alkoholiker der schlimmsten Art war. Diese Ehe muss die Hölle gewesen sein, und als er starb, hinterließ er ihr eine Menge Schulden. Daher war sie ganz froh, bei Frau Schneider ein preiswertes Zimmer gefunden zu haben. Sie bekam niemals Besuch von Freunden, Frau Schneider vermutet, dass sie gar keine hatte, weil sie kaum noch einem Menschen traute. Doch seit zwei Jahren ging sie zweimal im Monat abends zu Fuß fort und wurde dann in der Nacht zwischen 3:00 und 4:00 Uhr wieder nach Hause gebracht. Die schwarze, große Luxuslimousine hielt jedoch nicht vor dem Haus, sondern etwa fünfzig Meter weit weg an einer einsamen Straßenkreuzung. Frau Schneider konnte das vom Fenster aus beobachten, hat jedoch die

Autokennzeichen nicht erkennen können."

„Das hat sie doch sicher auch alles der Kripo verraten", vermutet Anna.

„Ja, natürlich. Aber ich habe Frau Schneider natürlich ausgefragt, ob ihr Trudi irgendetwas über ihre nächtlichen Ausflüge erzählt hat."

„Und? Hat sie?"

„Ja, ein bisschen. Die junge Frau gab zu, einen Mann zu kennen, der im Außendienst arbeitet, und der alle paar Wochen einmal in diese Gegend käme. Sie hätte sich in ihn verliebt und hoffe ganz stark, dass er es auch ernst mit ihr meine."

„Dann könnte das doch Hartmut K. gewesen sein", unterbricht mich Anna. „Beide sind erschossen worden. Und vermutlich war es die eifersüchtige Ehefrau."

Ich schüttele den Kopf. „Die Ehefrau von Hartmut war zur Tatzeit in Rom, gemeinsam mit ihrem Sohn, und dein guter Bekannter Horst erkundigt sich gerade, ob sie auch wirklich durchgehend dort gewesen ist."

„Schade, das hatte ich mir so schön vorgestellt", findet Anna. „Aber solche Ermittlungen sind eben nicht einfach. Das wäre nichts für mich. Da muss man ja immer um ein paar Ecken herum denken. Aber spannend ist es schon! Hat dir Frau Schneider noch mehr erzählt?"

„Leider noch nicht, aber sie ist auch noch sehr schockiert und fürchtet sich jetzt auch ein bisschen. Sie hat daher einen Neffen zu sich eingeladen und bietet ihm das Zimmer an, sobald es von der Kripo freigegeben wird. Momentan ist es ja noch versiegelt. Er will hier in Bonn studieren, und da freut er sich natürlich, in der Nähe eine Bleibe gefunden zu haben, besonders, weil Frau Schneider aus lauter Dankbarkeit für seine Nähe keine Miete von ihm haben will."

„Das nenn ich eine gute Gelegenheit", findet sie. „Da

haben beide einen Vorteil. Könnte er vielleicht Trudis Mörder sein? Er hat doch jetzt Vorteile durch Trudis Tod."

Ich reiße die Augen auf. „Nanu! Habe ich dich jetzt doch infiziert?"

Sie lacht. „Es hat sich eben gerade so ergeben. Konnte Frau Schneider denn irgendwelche Hinweise geben? Hat Trudi noch irgendetwas über den Mann gesagt."

„Sie hat nicht einmal die Marke des Wagens erkannt, gesehen hat sie ihn auch nie. Aber manchmal hatte sie am Tag danach Pralinen in Trudis Zimmer gesehen. Ganz teure aus dem exquisiten Geschäft am Römerplatz."

„Hast du nicht dort auch den Schnipsel gefunden?"

„Das habe ich, und deswegen will ich auch morgen in meiner Mittagspause in dieses Geschäft gehen und mich erkundigen, ob sie sich an einen Mann erinnern können, der immer diese bestimmten Pralinen in regelmäßigen Abständen kaufte."

Anna wird hellhörig „Waren es denn immer die gleichen?"

„Ja, diese halben Walnüsse auf Marzipan, der in Alkohol getränkt ist. Oben auf der Walnuss befindet sich manchmal etwas Blattgold."

Meine Freundin leckt sich mit der Zunge über die Lippen. „Die mag ich auch sehr gern, aber sie sind Schweine teuer."

„Ich werde auf jeden Fall mein Glück versuchen und schauen, ob ich eine nette Verkäuferin finde, die mir etwas erzählen will. Immerhin, so kann man sich von einer Spur zur anderen weiterhangeln. Aber ich bleibe auch an Frau Schneider dran. Wenn sie ihren Schock überwunden hat, wird sie sich möglicherweise an mehr erinnern."

„Das ist doch immerhin schon etwas", findet Anna und leert ihre Kakaotasse. „Und wie war es jetzt mit der Sekretärin von Hartmut K.?"

„Sie ist sehr nett, und wir haben uns auf Anhieb gut verstanden. Vor allen Dingen hatte sie sehr viel Redebedarf, weil sie auf ihren Chef total sauer ist."

Anna freut sich. „Dann könnte sie ja ihren Chef erschossen haben."

„Motive hätte sie genug. Ja, aber auch das ganze Umfeld hat genügend Motive. Er muss ein ganz widerlicher Typ gewesen sein und hat sowohl seine Mitarbeiter als auch seine Familie tyrannisiert."

Sie seufzt. „Da gibt es also eine ganze Auswahl an Tätern. Da ist es schwer für dich, herauszufinden, wer nun das allergrößte Aggressionspotenzial besitzt."

„Vielleicht ist es auch derjenige, der bis jetzt am meisten geschluckt hat, und bei dem jetzt der Druck entweichen musste. Es wird leider doch viel schwieriger, als ich es mir vorgestellt habe."

„Was hat er denn so alles angestellt, dieser Hartmut?" will Anna wissen. „Und wo wohnt er überhaupt?"

„Er hat eine Villa in der Nähe von Bad Godesberg, und er hat wohl viele Fehler gemacht. In der Firma, die er fast in den Ruin getrieben hat, schikanierte er jeden Mitarbeiter. Viel Geld verspielte er in den Casinos und er ist in allen Wirtschaften Bonns bekannt, weil er dort noch gern abends eine

Runde machte. Aufgewachsen ist er in einer der ärmsten Gegenden Bonns, einem bekannten Viertel, aus dem viele Schlägertypen und Alkoholiker kommen. Seine Eltern waren kinderreich, sehr arbeitsam, haben sich aber nicht genügend um ihre Sprösslinge gekümmert. So hat dann Hartmut immer schon am Rande der Legalität gelebt, bis er Luise, seine spätere Frau kennenlernte, die gerade die Firma ihrer Eltern übernommen hatte, weil sie kurz hintereinander verstorben sind."

„Die Arme!" entfährt es Anna. „Da war sie wohl gerade im Schock, in einem tiefen Loch, weil ihre Eltern so plötzlich weg waren, und dann steht sie vor der Aufgabe, eine so riesige Firmenkette zu leiten. Kein Wunder, dass sie sich von Hartmut Hilfe erhofft hatte. Aber wie hat er es denn fertiggebracht, sie zu verführen? Sicherlich hätte sie es als reiche Tochter aus gutem Haus doch auch zu einem besseren Ehemann bringen können."

„Sie hat immer in der Firma ihrer Eltern fleißig mitgearbeitet, war nicht sehr verwöhnt. Bisher hatte sie nur reiche Snobs kennengelernt, die es auf ihr Geld abgesehen hatten. Lauter Jungen mit Flausen im Kopf, die nur schnelle Autos, Autorennen und die High Society im Kopf hatten. Hartmut kam aus einer biederen Handwerkerfamilie, er konnte seine praktischen Hände erst einmal beweisen, als er Luise kennenlernte. Die hatte ihn nämlich bestellt, als ihr in der Küche ein Schrank zusammenfiel. Und er nannte sich zu der Zeit selbstständig, weil er sich als Allround-Handwerker ausgab."

Anna nickt. „Da kam also der Mann in der Not und begegnete der armen Luise, als sie gerade ganz am Ende war. Sicher hatte er ein leichtes Spiel."

„So ähnlich hat es die Sekretärin auch ausgedrückt. Die junge Frau hoffte, in Hartmut eine Rückenstärkung gefunden zu haben, und so ließ sie sich schnell auf ihn ein. Als sie schwanger wurde, heirateten die beiden, er war am Ziel, und damit fing das Elend an. Er drängte sie schnell aus der Firma heraus und übernahm das Kommando. Aber auch zuhause übernahm er einen selbstgewählten Diktator-Posten, und Luise und der kleine Philipp zitterten vor ihm."

„Das ist ja grausam", findet meine Freundin. „Ein Motiv ist dabei leicht zu finden. Und wie sah es mit anderen Frauen aus? Hat er seine Ehefrau auch betrogen?"

„Bekannt ist nichts darüber. Sigrid behauptet, dass er von Frauen nicht viel gehalten hat, sie irgendwie als minderwertige Wesen behandelte. Sie glaubt nicht, dass er die Lust auf ein

außereheliches   Abenteuer
empfunden hat."

„Eine kühne Behauptung", findet
Anna. „So etwas kommt ja nicht
immer an die Öffentlichkeit.
Könnte es nicht doch sein, dass
diese Sekretärin ein Mord-Motiv
hat? Möglicherweise war sie seine
Geliebte, und er hat sie
abgeschossen? Vielleicht war sie
aber auch sauer und gekränkt,
weil er sie abgewiesen hat und sie
nicht bei ihm landen konnte."

„Deswegen bringt man aber doch
nicht gleich jemanden um", teile
ich ihr meine Meinung mit. „So
etwas erleben Millionen Frauen
jeden Tag."

„Aber nicht jeder nimmt es sich so zu Herzen, und mit einer entsprechenden Vorgeschichte solltest du dieses Mordmotiv nicht gleich beiseiteschieben."

Ich überlege. „Du hast ja recht. Ich muss unbedingt weiter an deinem Kommissar dranbleiben. Hast du etwas dagegen?"

Sie lacht. „Solange du für mich nicht das Aufgebot bestellst, darfst du ihm ruhig noch ein bisschen auf die Nerven gehen. Das betrifft mich momentan nur am Rande, denn in meinen Gedanken gibt es momentan außer dir und meinen Verwandten nur noch einen Namen."

„Jürgen!" sagen wir wie aus einem Mund und sehen uns lachend an

Kapitel 9

„Hier hat man wirklich einen zauberhaften Blick auf das schöne Bonn", schwärmt Sigrid, als wir auf die Terrasse der Casselsruhe, einem Restaurant auf dem Bonner Venusberg treten. „Da bin ich nun schon zehn Jahre hier in dieser Gegend und habe dieses

Fleckchen Erde bisher noch nicht entdeckt."

„Dieses Ausflugsziel gibt es schon immer", berichte ich. „Immer, damit meine ich, seit ich denken kann. Meine Freundin Maja und ich, wir waren als Kinder schon oft auf dem Spielplatz nahe der Straße. Jetzt gibt es hier außer dem anliegenden Fußballplatz auch noch das Vergnügen, sich mit Minigolf beschäftigen zu können."

Sie lächelt. „Du hast wohl viele Freundinnen, gestern hast du mir von Anna erzählt, die auch deine Kollegin ist, und später von Dagmar, deiner besten Freundin aus der Schulzeit. Ich habe hier noch keinen richtigen Kontakt gefunden, dabei sagt man immer, die Rheinländer seien so offen."

„Das ist alles nur ein Klischee. Vielleicht sind die Leute in der Stadt etwas offener, aber hier überall auf dem Land braucht man oft Jahrzehnte, um in einem Dorf akzeptiert zu werden. Ja, mit meiner Freundin Dagmar verbindet mich sehr viel, wir haben uns alle Geheimnisse anvertraut und quasi die ganze Schulzeit miteinander verbracht. Gerade während der Pubertät ist es so wichtig, sich jemandem anvertrauen zu können, dem man auch vertrauen kann."

„Meine Eltern sind mit mir aus der DDR geflohen", berichtet sie, und man erkennt unseren sächsischen Tonfall. Da werden wir oft schief angeguckt, aber meine Chefin, die Luise, die war immer nett zu mir. Ohne sie wäre ich bestimmt schon wieder abgehauen."

„Dann konntet ihr euch vermutlich gegenseitig etwas helfen", rate ich. „Sie war bestimmt froh, dass sie dir ihre Sorgen anvertrauen durfte."

Sie sieht auf das Siebengebirge und zeigt auf den Drachenfels. „Auf den bin ich wenigstens schon draufgeklettert. Der Weg dort hinauf ist ziemlich steil, aber es lohnt sich, der Blick über das Rheintal ist grandios."

Ich nicke. „Da hat sich auch in all den Jahren nicht viel verändert. Der alte Rhein nimmt zwar Vieles mit sich fort, aber an seinen Ufern bleibt das Leben oft lange unberührt. Was ist denn aus dem armen Kind, dem Philipp geworden? Wie hat er denn seine schlimme Kindheit verarbeitet?"

Sie atmet tief. „Gott sei Dank hat er eine liebevolle Mutter, die versucht, alles immer wieder auszugleichen. Ja, ich weiß schon, worauf du anspielst. Ich kann gut Gedanken lesen."

Erwartungsvoll sehe ich in ihr Gesicht. „Was glaubst du denn, woran ich gerade gedacht habe?"

„Du hattest an diesen jungen Mann gedacht, der dieses Callgirl umgebracht hat, weil er seine Mutter so hasst, stimmt es?"

„Ja, das hatte ich im Hinterkopf, aber er hatte wohl niemanden, der ihm beistand. Und durch seine leichte Behinderung kam er sich wohl noch hilfloser vor. Sicherlich hat er nicht alles verstanden, was mit ihm passierte."

Sigrid kramt eine Rolle Pfefferminz-Bonbons aus der Handtasche und hält sie mir hin. „Magst du?"

Ich lehne dankend ab, und sie fährt fort. „Luise hat ihrem Sohn täglich das Verhalten seines Vaters erklärt. Sie hat ihm erzählt, dass

Hartmut in seiner Kindheit niemanden hatte, der sich um ihn kümmerte. Und Philipp ist ein schlauer Junge, der hat alles begriffen."

Ich hebe die Augenbrauen. „Das hört sich ja fast so an, als hätten Ehefrau und Sohn die Grausamkeiten deines Chefs toleriert? Hätte Luise ihren Mann nicht rauswerfen können?"

„Oh, das ist nicht so einfach, wie du dir das in der Theorie vielleicht vorstellst. An dieser Partnerschaft hing ja ein ganzer Rattenschwanz dran. Denk nur an die finanziellen Verhältnisse und die Firma, die Firma, für die sich Luises Eltern ihr ganzes Leben lang abgerackert haben. Ein solches Imperium aufzubauen, war eine große Leistung für ein relativ unerfahrenes Hutmacherehepaar."

„Wollte Luise die brüchigen Fassaden dieser Ehe aufrechterhalten?"

„Nein, hier handelt es sich um ein großes unübersichtliches Labyrinth, in das von außen kaum jemand hineinblicken kann."

„Dann hätte Luise allen Grund gehabt, ihren Mann umzubringen?" hake ich nach.

„Grund genug? Natürlich! Aber sie ist nicht nur eine liebe Seele, sondern auch eine schwache Seele, sie spielt sich nicht als

Richter über Menschen auf, sondern weiß alles nicht nur zu erklären, sondern auch zu entschuldigen."

„Dann würdest du ihr also keinen Mord zutrauen?" frage ich sie direkt.

„Niemals!" Sie sieht mich empört an. „Sie ist ein wahrer Engel, und in Rom hat sie jetzt bei der Privataudienz des Papstes teilgenommen."

„Was du nicht sagst", entfährt es mir. „Damit meinst du, dass sie ein frommer Mensch ist, der die zehn Gebote achtet, oder?"

„Natürlich, jedenfalls das fünfte Gebot, das würde sie nie missachten."

„Und bei welchem wäre sie ein bisschen fahrlässig?"

„Luise heiligt vielleicht nicht immer den Feiertag, aber wer tut das schon heute?!" antwortete sie keck.

Ich sehe sie aufmerksam an. „Und wie ist das mit ihrem Sohn? Hat er auch Skrupel, einen Menschen umzubringen, selbst wenn er von ihm gequält wird. Manche Kinder würden in einer solchen Situation auch ihre Mutter bis aufs Blut verteidigen."

„Philipp hat keine überschüssigen Aggressionen, auch keine verdeckten. Er macht sehr viel Sport, spielt Fußball im BSC, und so etwas tut besonders der Jugend in der Pubertät gut. Nein, obwohl er seine Mutter liebt, würde er nicht so weit gehen."

Ich zücke meinen Fotoapparat und fotografiere den Ausblick, das unter uns liegende Bonn mit dem silbern schimmernden Rhein und dem dahinterliegenden in Pastell leuchtenden Siebengebirge.

„Darf ich auch ein Bild von dir machen?" wende ich mich an meine Begleiterin.

Sie zögert. „Ich bin nicht fotogen, und wozu brauchst du das Foto? Traust du mir nicht?"

„Ich wollte eine schöne Erinnerung an diesen Tag haben", schwindele ich. „Ich habe schon ein dickes Fotoalbum mit Bildern von meinen Freundinnen."

„Ach so, ja, wenn du ein Fan von solchen Aufnahmen bist, kannst du ruhig ein Bild von mir machen. Wie du weißt, sind wir aus der DDR geflohen, und dort haben meine Eltern keine guten Erfahrungen gemacht, als sie den Nachbarn vertrauten. Da wurden sie ganz schnell angeschwärzt, und wenn wir nicht geflohen wären, hätte man meinen Vater sicher verhaftet."

„Was ist denn passiert? War er mit der Politik nicht einverstanden?"

„Nein, wir in unserer Familie haben auch so eine Spürnase, und wir wohnten mit einem Handelsvertreter im Haus, der ein Spion war, genau wie derjenige, den man jetzt im Frühjahr dieses Jahres bei euch festgenommen hat. Auch so ein ziemlich kleines Licht. Aber er fiel uns gleich auf, weil er sich nicht unauffällig genug verhielt. Heribert Telemann, so hieß dieser Laienspion, fühlte sich entdeckt und denunzierte meinen Vater. Er dachte sich irgendetwas über ihn aus, und von da an stand mein Vater unter Überwachung."

„Kein Wunder, dass ihr da ausgereist seid. War die Flucht denn schlimm?"

„Zum Glück gab es auch nette Leute und gute Freunde, die uns behilflich waren. Du wirst jedoch verstehen, dass ich dir keine Namen nennen kann, denn sie wohnen noch drüben, hinter der Grenze."

„Ja, das kann ich verstehen", sage ich schnell. „Und wie fühlst du dich jetzt hier? Weniger eingeengt?"

„Ich hatte das Glück, eine so liebe Freundin wie Luise zu finden. Aber sonst gibt es eben überall Rosen und Dornen. Hier ist auch nicht das Paradies, so wie es sich alle drüben so vorstellen."

Wie diplomatisch sie das wieder formuliert! Aber ich wundere mich nicht darüber, denn wenn man in einem Land gelebt hat, in dem man vorsichtig sein muss, was man sagt, ist man unbedingt vorbelastet. Sie tut mir leid, und obwohl ich weiß, dass man sich Vertrauen nicht erkaufen kann, habe ich den Wunsch, sie zu trösten. „Dann lade ich dich jetzt zu einer Partie Minigolf ein."

„Na schön", willigt sie ein. „Und ich spendiere dir hinterher ein Eis, falls du bei diesem spätherbstlichen Sonnenschein darauf Appetit hast."

Ich nicke fröhlich. „Eis geht immer."

Kapitel 10

Ich stehe im exquisiten Confiserie-Laden am Römerplätzchen und betrachte die junge Verkäuferin. Wie geschickt sie die goldenen Verschluss-Klammern an den Cellofan-Tütchen zu befestigen weiß! Ihre langen goldenen Fingernägel faszinieren mich. „Diese Walnüsse auf Marzipan sind ausgezeichnet", beginne ich ein Gespräch. „Kennen Sie eigentlich auch diesen Mann, der sie hier regelmäßig eingekauft hat?"

Sie schmunzelt. „Das hat uns hier die Polizei auch schon gefragt. Ich habe diesen Mann zwar hier schon oft gesehen, aber er wollte sich immer nur von Hannelore bedienen lassen, die ihn jedes Mal angeschmachtet hat. Naja, endlich hat sie das, was sie will. Aber wenn ihn die Polizei sucht, wird das noch ein böses Ende nehmen."

Ich sehe sie verständnislos an. „Das kann ich jetzt nicht nachvollziehen. Was ist denn mit Hannelore und diesem Mann?"

„Natürlich hat er einen Ring am Finger, und ich denke, er ist verheiratet. Er trägt ziemlich viel goldenen Schmuck und ist elegant gekleidet. Aber er hat sich immer die Walnüsse und andere teure Pralinen separat einpacken lassen, immer in Geschenkpapier. Da haben wir dann immer vermutet, dass er außer seiner Frau auch noch eine Geliebte hat."

„Kauft er denn immer noch Walnüsse?" erkundige ich mich. „Und was hat Hannelore jetzt damit zu tun?"

„Ja, die kauft er schon. Aber er hatte schon zweimal ein Rendezvous mit meiner Kollegin, und die schwärmt uns von ihm vor."

„Hat er denn nun eine Frau oder nicht?" will ich wissen.

„Er sagt „Nein", angeblich trägt er diesen Ring nur, um nicht immer belästigt zu werden. Aber ich bin da nicht so sicher, denn er trifft sich mit Hannelore nur im Verborgenen. Trotzdem ist sie wahnsinnig verliebt."

„Hat er ein großes Auto, eine Luxuslimousine?"

Sie sieht mich erstaunt an. „Woher wissen Sie das? Hat er sich mit Ihnen auch schon getroffen? Vielleicht hat er einen ganzen Harem."

„Haben Sie das alles auch schon der Polizei gesagt", erkundige ich mich.

Sie lacht. „Natürlich. Ein reizender Kommissar, aber ich weiß wirklich nicht, was die von diesem Mann wollen. Ob er ein Verbrecher ist? So sieht er gar nicht aus. Allerdings fährt er mit Hannelore immer nur nachts in den dunklen Kottenforst."

„Ich habe gehört, dass sich auf den einsamen Parkplätzen dieses geheimnisvollen Waldes gerade zu dieser Zeit, wenn es dunkel ist, viele Pärchen treffen, um sich zu amüsieren. Hat Hannelore mehr darüber erzählt?"

Sie lacht. „Oh ja, sie hat es uns allen beim Frühstück mitgeteilt, ihr ganzes Rendezvous mit allen Details. Er muss wohl ein richtig guter Liebhaber sein, der weiß, wie man Frauen verwöhnt. Das ist kein Typ, der mal so eine schnelle Nummer machen will. Der hat sie mehrere Stunden lang mit Küssen und allem Drum und Dran verwöhnt."

Ich verkneife mir ein Lächeln und meine Fantasie versucht, sich das Drum und Dran vorzustellen. „Dann ist Hannelore bestimmt sehr verliebt", vermute ich.

„Oh ja, aber sie mag diese Walnüsse nicht, und das hat sie ihm schon gesagt."

Ich verberge meine Überraschung. „Dann kauft er jetzt die Walnüsse für Hannelore."

Die junge Verkäuferin nickt eifrig. „Natürlich, er hat ja mit der Anderen, die bisher dieses Konfekt von ihm bekam, plötzlich Schluss gemacht. Oder sind Sie das etwa doch?"

„Um Himmels Willen, nein", antworte ich schnell. „Mit ihm hätte ich nicht so gern etwas Näheres zu tun. Warum bekommt sie denn jetzt die Walnüsse, und wer bekam sie früher?"

„Er hatte wohl eine andere, aber wie ich schon sagte, mit der hat er Schluss gemacht oder, wie man so schön sagt, die hat er abgeschossen", berichtet sie bereitwillig.

„Wissen Sie auch seinen Namen?"

„Er heißt Manfred, aber seinen Nachnamen weiß ich nicht. Ich bin nicht sicher, ob Hannelore alles über ihn weiß. Er ist so geheimnisvoll und hat schrecklich viel Geld. Meine anderen Kolleginnen vermuten, dass er auch ein Spion ist. Im Moment wimmelt es davon ja nur so in Bonn, und man weiß schon gar nicht mehr, wem man überhaupt trauen soll."

Ich reiße die Augen auf. „Ein Spion? Wirklich? Aber das darf man doch nicht laut sagen. Und wäre das für Hannelore nicht auch viel zu gefährlich?"

Sie lacht. „Damit hat Hannelore nichts am Hut. Sie sagt immer, das ganze Leben sei gefährlich und dieser Mann sei Abenteuer pur. Die Erotik mit einem geheimnisvollen Mann sei noch viel romantischer als mit einem Ehemann."

„Ist sie verheiratet?" frage ich erstaunt.

„Sie war es mal kurz", weiß die gesprächige Verkäuferin. „Aber da zeigen sicher wohl die Männer immer von ihrer schlechteren Seite. Sind Sie auch verheiratet?"

„Nein!" antworte ich wahrheitsgemäß. „Damit habe ich noch keine Erfahrungen gemacht, obwohl ich auch mittlerweile fast dreißig Jahre alt bin."

Sie lächelt verständnisvoll. „Aber deswegen braucht man auch viel Schokolade. Ich sitze hier an der Quelle, und habe das Glück, keine Gewichtsprobleme zu kennen."

„Es war sehr nett, mit Ihnen zu plaudern ", sage ich ehrlich. „Ich werde bestimmt wiederkommen, wenn ich es mir wieder leisten kann, mich in einem so teuren Geschäft mit Süßigkeiten versorgen zu können. Einen schönen Tag wünsche ich Ihnen noch!"

Sie lächelt mich fröhlich an. „Ja, den werde ich haben. Ich sitze hier an der Quelle. Auf Wiedersehen!"

Ich eile aus dem Laden.

Ganz in der Nähe der Confiserie finde ich eine Telefonzelle und, getrieben von innerer Unruhe, wähle ich die Nummer des Kommissars.

Horst meldet sich mit seinem Nachnamen und fügt ein höfliches „Guten Tag" hinzu.

Ich nehme mir kaum Zeit für eine vernünftige Begrüßung und setze voraus, dass er mich an meiner Stimme erkennt. „Ich habe Trudis Mörder", platze ich los. „In der Confiserie habe ich alles erfahren, was man wissen muss. Er heißt Manfred und hat schon eine neue Geliebte. Sollen wir ihn gemeinsam aufsuchen?"

„Nun mal langsam!" mahnt er mich. „Die Informationen, die du von Frau Weber bekommen hast, haben wir auch schon längst erhalten. Wir haben diesen Hartmut auch schon unter die Lupe genommen, und seine neue Freundin auch. Tatsächlich ist er Trudis Freund gewesen und hat sich eine ganze Weile mit ihr in Bonns schönstem Naturpark amüsiert, aber die ganze Sache hat einen großen Haken."

„Und der wäre?" frage ich ungeduldig.

„Wir haben inzwischen feststellen können, dass sowohl dieser Hartmut, der von uns tatsächlich als möglicher Spion überwacht wird, ein wasserdichtes Alibi hat. Er hat mehrere ganz seriöse Zeugen für die Tatzeit. Auch diese Hannelore hat ein wasserdichtes Alibi aufzuweisen, das wir ebenfalls schon überprüft haben. Beide haben sehr viele neutrale Zeugen und kommen also als Täter nicht infrage."

„Dann hat dieser Mann bestimmt einen Killer beauftragt", fällt mir spontan ein. „Wenn er tatsächlich einer der momentan in Bonn lebenden Spione ist, und das halte ich persönlich für sehr gut möglich, denn Bonn ist ja nun schließlich seit einiger Zeit unsere Bundeshauptstadt und muss ständig für gute Beziehungen zum Osten kämpfen, sogar zur DDR, mit der uns ursprünglich sehr viel verband, dann hat er auch Beziehungen zu Killern oder Personen, die Pistolen tragen. Hast du ihn denn schon wegen einer Waffe gefragt?"

Er stöhnt. „Was hast du nur alles im Kopf! Deine langen Schachtel - Sätze sind eine Herausforderung für mich, besonders am Telefon, wenn ich dir nicht ins Gesicht sehen kann."

Sein Vorwurf lässt mich kalt. „Also, wie ist das jetzt? Hat er eine Waffe, denn wenn er ein Spion ist, wird er sich bestimmt schützen wollen."

„Natürlich haben wir bei ihm schon alles untersucht. Nein, er hatte keine Waffe, und im Haus haben wir auch nichts gefunden. Und da du gleich weiter fragen wirst, solltest du es jetzt schon wissen. Er hat zugegeben, mit Trudi ein Verhältnis gehabt zu haben. Ja, tatsächlich ist er es gewesen, der sie mit seinem Superschlitten nachts abgeholt hat und mit ihr heiße Liebesnächte im Bonner Kottenforst gefeiert hat."

„Und was sagt er dazu? Warum ist er nicht bei der Polizei gewesen? Er hätte sich als Liebhaber doch sofort melden müssen."

„Er ist verheiratet, und er gibt an, deswegen geschwiegen zu haben. Von dem Tod will er nur in der Zeitung etwas gelesen haben, und von da an habe er sich nicht mehr in Alfter gezeigt."

„Ist er denn nun wirklich verheiratet?" will ich wissen.

„Auf dem Papier ja", weiß Horst. „Aber wir konnten feststellen, dass er immer wieder Affären hatte, eine nach der anderen, und falls er wirklich ein Spion ist, dann besteht seine Ehe möglicherweise sowieso nur auf dem Papier, um ihn seriös und bürgerlich wirken zu lassen."

„Dann könnte sie als eifersüchtige Ehefrau also nicht Trudi erschossen haben?" hake ich nach.

„Wir haben seine Frau Verena schon aufgesucht und verhört. Auf mich wirkt sie sehr integer, und sie wusste stets von den vielen Affären ihres Mannes. Das spricht auch dafür, dass sie nur eine Art Schein-Ehe mit Manfred führt."

Ich bin noch nicht zufrieden und möchte Verena als Täterin nicht so schnell abhaken. „Vielleicht war Trudi schwanger und diese Verena sah ihre Partnerschaft ernsthaft gefährdet. Immerhin scheint er viel Kohle zu haben. Vielleicht sah sie sich bedroht in ihrer Existenz."

„Trudi war nicht schwanger, das konnte uns die Pathologie mit Sicherheit mitteilen", lässt er mich wissen. „Aber wenn du mir ein

Rendezvous mit Anna verschaffst, erzähle ich dir das, was morgen sowieso in der Zeitung stehen wird."

Ich jubele innerlich, habe aber Gewissensbisse. „Natürlich kann ich meine Freundin dazu auffordern, sich mit dir zu treffen. Aber ich kann dir nicht dafür garantieren, dass sie sich nicht trotzdem in einen anderen verliebt."

Er seufzt, und es klingt am Telefon fürchterlich. „Das muss ich schon in Kauf nehmen. Natürlich kann sie sich jeden Tag in einen anderen verlieben, das könnte sie auch, wenn sie mit mir zusammen wäre. Aber wer nichts wagt, der gewinnt auch nichts. Ich will einfach einmal um sie kämpfen."

„Das ist richtig, man soll nichts unversucht lassen", ermutige ich ihn. „Ich werde also Anna noch heute fragen, wann sie Zeit hat."

„Wir haben jetzt auch schon einiges über das Umfeld von Hartmut herausgefunden. Er war in sehr krumme Geschäfte verwickelt, und dort ist auch der Täter zu finden."

„Jetzt machst du mich neugierig", gebe ich zu.

„In diesem heißen Herbst geht es anscheinend immer um Energie, Wärme und Feuer. Als Firmenchef hatte Hartmut natürlich gute

Connections, und er hat problemlos eine Scheinfirma gegründet, bei der es um neue Energiegewinnung geht. Davon hat er dann im Inland und im Ausland eine ganze Reihe von Anteilen verkauft. Manche haben dabei ihr ganzes Vermögen investiert. Seine neue Firma heißt „Feuer und Flamme". Er hat sogar seine Kunden mit seinem Slogan noch spöttisch verhöhnt, indem er in seiner Werbung als Hutfabrikant verkündete: „Mit Feuer und Flamme gut behütet". Ist das nicht dreist?"

Ich stimme ihm zu. „Ja, er hatte wohl keine Skrupel. Und jetzt vermutest du, dass ihn irgendein Geschädigter umgebracht hat?"

„Genau das denken wir, und wir sind dabei, alle Listen und Konten zu durchforsten."

„Das hat Hand und Fuß", gebe ich zu. „Aber zählt jetzt seine Familie nicht mehr zu den Verdächtigen? Seine unterdrückten Angehörigen, die enttäuschte Frau Luise, der seelisch misshandelte Sohn Thomas und die enttäuschte und machtlose Sekretärin Sigrid? Sie alle haben auch Grund, auf Hartmut wütend zu sein, ihn sogar zu hassen. Sagtest du nicht selbst, dass man die Täter oft im nahen Umfeld findet?"

„Dazu stehe ich auch heute noch", behauptet er siegessicher. „Aber auch im nahen Arbeitsumfeld gibt es bei ihm genügend Motive."

Ich stöhne gespielt. „Das wird eine Sisyphusarbeit für dich werden. Hast du dann überhaupt noch Zeit für ein Treffen mit Anna?"

„Für meine Traumfrau nehme ich mir immer Zeit. Aber hör doch weiter! Dann gibt es noch eine ganz wichtige Information, die all deine Theorien zusammenbrechen lässt. Leider hatte mein oberster Chef Gründe, sie ebenfalls an die Presse weiterzuleiten, weil er sich etwas davon verspricht. Also würdest du es sowieso morgen in dem großen Klatschblatt lesen können."

„Nun mach's nicht so spannend!" fordere ich ihn auf. „Inzwischen habe ich mir auf der Arbeit schon so manche Freistunde genommen, um an diesem Fall dranbleiben zu können."

Er lacht. „Selber schuld! Warum wartest du nicht, bis ich mit meiner Arbeit fertig bin. Dann serviere ich dir den Täter auf dem Silberteller."

„Wieso denn den Täter und nicht die Täter?" frage ich irritiert.

„Also gut, auch wenn du jetzt wieder ganz von vorn anfangen musst: Trudi und Hartmut wurden mit derselben Waffe erschossen."

Kapitel 11

Nachdem ich seine Nachricht wahrgenommen und verarbeitet habe, überlege ich wieder von vorn. Können vielleicht Trudi und Hartmut doch auch ein Liebespaar gewesen sein? Als ich zufällig auf dem Marktplatz meinen Kollegen Horst treffe, lade ich ihn zu einem Kaffee ins Stehcafé ein.

„Ich brauche jetzt unbedingt deine Hilfe", bitte ich ihn.

Er lacht. „Geht es immer noch um die mysteriösen Mordfälle?"

„Natürlich, solange bis sie geklärt sind", versichere ich ihm und verbrenne meine Zunge an dem heißen Getränk.

Er grinst. „Dir ist nicht zu helfen. Nur weil der Wind diesen komischen Schnipsel vor deine Füße geweht hat, glaubst du jetzt, dass dir das Schicksal diese Aufgabe serviert hat! Aber gut, was kann ich für dich tun?"

Ich erzähle ihm den Stand der Ergebnisse. „Morgen wird alles sowieso in der Zeitung stehen, aber solange habe ich nicht Zeit. Wenn Hartmut und Trudi mit derselben Pistole erschossen wurden, muss es doch irgendeinen Schnittpunkt geben. Du bist doch ein echter Bonner Junge und Hartmut ebenfalls, auch wenn er aus einem verrufenen Stadtviertel stammt. Wo liegt da eine Gemeinsamkeit der Opfer?"

Sein Grinsen wird breiter. „Du hast dich von dem Kommissar ganz schön aufs Glatteis führen lassen. Bisher bist du davon ausgegangen, dass sich die Täter im engsten Umkreis, in Partnerschaft und Familie herumgetrieben haben. Aber du hättest längst in den „Roten Hahn" gehen sollen, die Kneipe, in der Trudi gearbeitet hat.

Dieses Lokal ist für alle alteingesessenen Bonner ein

Muss. Es ist die typische Stammkneipe für Bonner Bürger, die unter sich sein wollen."

Ich sehe ihn skeptisch an. „Dort hat doch diese Trudi wahrscheinlich auch ihren Manfred kennengelernt", fährt er fort.

Ich schüttle den Kopf. „Nein, solch eine typische Bonner Bier-Kneipe hat dieser Snob bestimmt nicht aufgesucht. Und selbst bei Hartmut bin ich da im Zweifel. Er hat doch viel Geld in den Casinos verspielt und musste sich mit Kunden eines anderen Milieus abgeben. Solch eine einfache Kneipe wäre doch sicher nicht gut für sein Image gewesen."

„Seine Bonner Kneipentouren sind aber bekannt", beharrt er. „Dort, wo er herkommt, macht man abends die Runde, und bleibt am Ende im „Roten Hahn" hängen."

Ich überlege laut. „Der Rote Hahn? Hat dieser Name nicht auch etwas mit der Feuerwehr zu tun, oder mit Feuer?"

Horst nickt und schlürft seinen Kaffee. „Ja, er ist ein Zeichen für Feuer, im Mittelalter setzten sie sich diese Tiere aufs Dach, um ein Feuer anzukündigen. Und die Feuerwehr kennt ihn auch als Symbol. Manche Gasthöfe führen auch noch diesen Namen. Dagegen hat der weiße Hahn auf den Kirchtürmen eine besonders friedliche Bedeutung."

„Was du nicht alles weißt", staune ich. „Du meinst also, in dieser Kneipe finde ich den Schlüssel für alles, was sich weiter ereignet hat?"

„Natürlich weiß ich einiges", antwortet er lachend. „Schließlich arbeite ich den ganzen Tag mit Büchern, und wenn der Chef nicht da ist, blättert man auch schon einmal darin herum. Aber Spaß beiseite, ich kann dich sogar heute Abend dorthin begleiten. Natürlich kannst du auch allein dorthin gehen. Aber dann musst du damit rechnen, auch von Betrunkenen angepöbelt zu werden, besonders zu später Stunde."

„Darauf kann ich gern verzichten. Hast du auch schon eine Idee, was da gelaufen sein kann, wenn beide Opfer mit derselben Pistole ermordet wurden?"

„Offenbar halten sich im roten Hahn auch von Zeit zu Zeit Killer auf. Und für mich ist es ganz einfach: Dieser Manfred hatte wieder einmal Lust auf eine neue Freundin, weil diese Hannelore nicht nur im Süßwarenladen arbeitet, sondern vermutlich auch ein süßes Früchtchen ist. Da war ihm diese Trudi im Weg. Vielleicht war sie anhänglicher, als er dachte. Natürlich wusste er, dass er in seinen Nobel-Kneipen keinen Killer findet, aber im roten Hahn möglicherweise schon. Und derselbe Killer hat dann auch einem von Hartmut betrogenen Klienten seine Hilfe geleistet. So einfach ist das."

„Falls Manfred wirklich ein Spion ist, hätte er in seinen eigenen Kreisen einen Killer gefunden", gebe ich zu bedenken.

„Nein, das geht gar nicht. Als Spion muss er ja sauber bleiben, da darf er keine Verbindung schaffen. Er musste sich jemanden auswählen, der nicht zu seinen Kreisen gehört."

„Soweit klingt das logisch. Also muss doch irgendwie bekannt sein, dass man im roten Hahn Killer finden kann, oder? Bisher hieß es doch immer, Trudi habe in einer seriösen Bar gearbeitet. Ist das vielleicht doch ein krimineller Schuppen? Der rote Hahn, eine brandheiße Kneipe, in der viele Kriminelle aus- und eingehen?"

„Warum nicht? Wir werden es heute Abend erfahren", antwortet mein Kollege. „Das klingt doch alles logisch."

„Aber warum sucht dann Kommissar Wintertag nicht in dieser Kneipe? Die Bonner Kommissare müssen doch wissen, wo sich die dunklen Gesichter aufhalten."

„Ich denke, sie suchen zunächst nicht nach dem Killer, sondern nach den Auftraggebern. Sicherlich werden sie diesen Manfred mit seiner Schokoladenprinzessin weiter im Auge behalten, und bei dem anderen Mordfall die Liste der Betrogenen abarbeiten, die Reihe aller jener, die Hartmut in die Falle gegangen sind. Das ist für die Kripo bloß Routine. Über die Auftraggeber kommen sie dann sicher an den Killer, aber für uns heißt das Geheimwort „Roter Hahn".“

„Weißt du auch, wie wir jetzt genau vorgehen werden? Wir können doch nicht einfach den

Wirt fragen, ob bei ihm Killer gastieren."

Er lacht. „Natürlich nicht. Wir schneiden jetzt Fotos von allen Beteiligten aus, von allen, die in den Kreis der Opfer und der Verdächtigen gehören. In der Zeitung finden wir aus den letzten Tagen genug. Und mit diesem Sammelsurium werden wir heute Abend unseren genialen Plan ausführen. Aber nicht gleich beim Wirt."

Ich atme tief auf. „Ich glaube, wir haben den richtigen Ansatz gefunden."

Kapitel 12

Im Roten Hahn empfängt uns die üblichen Kneipen-Luft, die vorwiegend aus Zigarettenrauch, Bierdunst und einer allgemeinen Muffigkeit besteht.

Tobi, der Wirt, erinnert mich mit seiner behäbigen Figur an einen Bären, und sein Gesicht zeigt einen gutmütigen und humorvollen Ausdruck. Dennoch blicken seine Augen flink umher, und ihm scheint nichts zu entgehen.

Er begrüßt uns, als wir uns an die Theke setzen und fragt uns knapp, aber höflich nach unseren Wünschen.

Horst bestellt sich ein Bier, und ich schließe mich mit einer Apfelschorle an.

Mehrere Gäste sitzen an der großen runden Theke und halten den Gastwirt und die Bedienung, eine ältere Frau in Trab. Im Gastraum agiert ein Kellner, der Jakob gerufen wird. Durch die Bestellung eines älteren Herrn neben uns erfahren wir, dass die Frau an der Theke Resi gerufen wird, also offenbar Therese heißt.

Eine ganze Weile lassen wir die Stimmung untätig auf uns wirken, und wir spüren, dass die meisten Gäste im Laufe des Abends lockerer und ausgelassener werden. Nur bei einem Mann an der Theke zeigt der Alkoholgenuss eine gegenteilige Wirkung: von Bier zu Bier wird er melancholischer und beginnt zu jammern und zu klagen.

Resi redet ihm gut zu, aber sie findet kein Gehör, denn er scheint zu sich selbst zu sprechen. Als der Fremde einen Gast anspricht, um ihm seine Lebensgeschichte zu erzählen, geleitet ihn der Wirt sanft aber energisch zu Tür hinaus. Die Gelegenheit nutzt Horst, um Resi anzusprechen. „Da hast du ja abends immer einigen Ärger!"

Sie macht eine abwehrende Handbewegung. „Ach, der Typ ist doch harmlos. Da habe ich schon Schlimmere erlebt."

„So richtig aggressive oder auch kriminelle Gäste?" greift mein Kollege sofort das Thema auf."

„Ach so", sagt sie, „ihr gehört wohl auch zur Polizei in Zivil. Ich habe gleich gesehen, dass ihr hier keine Stammgäste seid. Wahrscheinlich wollt ihr mich auch wegen Trudi ausquetschen?"

Horst schüttelt den Kopf. „Darf ich dir einen ausgeben? Natürlich sind wir nicht von der Polizei. Wir sind ganz einfache Handwerker und durch Zufall in die Sache hineingerutscht."

Die Bedienung wird neugierig. „Was ist denn passiert? Hat euch etwa jemand bedroht?"

„Das nicht gerade. Aber meine Kollegin hier hat den Papierschnipsel gefunden, von dem auch in der Zeitung berichtet wurde. Natürlich war sie furchtbar besorgt und hat alles unternommen, um ein Unheil abzuwenden. Aber leider war es ja zu spät, und ob der Zettel am Ende doch noch etwas mit diesen Mordfällen zu tun hat, das wird sich noch herausstellen."

Resi sieht mich mitleidig an. „Du Arme! Da warst du bestimmt sehr unruhig und mitgenommen, als die Schreckensnachricht in der Zeitung erschien."

„Es hat mich sehr berührt", gebe ich zu. „Aber dich bestimmt auch, denn du warst ja eine Kollegin von Trudi. Hast du sie gut gekannt?"

„Sie war ein etwas schüchternes, altmodisches Mädchen, passte eigentlich gar nicht in solch eine Kneipe wie diese, aber freundlich war sie zu allen. Wir haben uns mit den Schichten immer abgewechselt, daher haben wir uns auch nie richtig kennengelernt. Ich kann auf jeden Fall nichts Nachteiliges über sie sagen."

„Dann hast du bestimmt auch in der Zeitung jede Nachricht

verfolgt", vermute ich. „Ist dir irgendwann einmal etwas Verdächtiges im Lokal aufgefallen?"

Resi schüttelt den Kopf. „Leider nicht. Und die Polizei hält einen ja mit Informationen auch sehr knapp, bei der Zeitung dagegen, diesem Horrorblatt, weiß man natürlich auch nie genau, was übertrieben ist."

Ich nicke. „Ja, die Kripo behauptet immer, sie dürften aus ermittlungstechnischen Gründen nichts sagen, und meist ist das auch richtig. Damit habe ich in diesem Fall natürlich auch meine Probleme. Aber vielleicht kannst du mir sogar weiterhelfen. Ich habe hier so ein paar Fotos aus der Zeitung ausgeschnitten und ein bisschen was dazu. Könntest du dir die Bilder mal etwas genauer anschauen?"

Sie wirft einen kritischen Blick schräg hinüber, zu ihrem Chef. „Vielleicht können wir das später machen? Tobias hat es nicht gern, wenn wir uns zu lange mit einzelnen Gästen unterhalten, selbst nicht einmal an der Theke. Dabei wünschen sich das die Gäste oft sogar."

„Warum stört es ihn?" fragt Horst erstaunt. „Sind solche Gespräche denn nicht in jeder Kneipe üblich, jedenfalls an der Theke?"

„Im Allgemeinen schon", gibt sie zu, „aber nach der Sache mit Trudi möchte er nicht noch mehr ins Gerede kommen, und er hat Angst um sein Image als seriöser Kneipier."

„Dann möchten wir dir lieber jetzt keine Schwierigkeiten bereiten", entscheide ich. „Wann hättest du für uns Zeit?"

„Am besten wartet ihr auf mich, bis wir Feierabend haben. Unsere Küchenhilfe ist schon weg. Es wird nicht mehr lange dauern, dann lässt er mich gehen. Die Kasse macht er nämlich lieber gern allein."

Damit geben wir uns zufrieden und beobachten den

Kneipenbetrieb weiter aus den Augenwinkeln.

„Was hältst du von dem Wirt?" frage ich Horst. „Könnte er auch der Täter sein?"

Mein Kollege seufzt. „Jeder könnte der Täter sein, aber für mich sieht er nicht aus wie ein Mann mit einem schlechten Gewissen. Motive müssten wir auch erst finden."

„Da fielen mir auf Anhieb gleich ganz viele ein. Er machte irgendeinen Schmu mit der Kasse, Trudi hat es gewusst, ihn damit erpresst, und deswegen hat er sie aus dem Weg geräumt."

Horst lächelt. „Ich glaube, du hast immer noch den Papierschnipsel im Kopf."

Mein Gesicht erhellt sich. „Ich glaube, du hast mich gerade auf eine grandiose Idee gebracht. Der Papierschnipsel! Genau gegenüber der Confiserie, dort neben dem Papierkorb ist doch ein Zeitungsbüdchen. Vielleicht hat der Verkäufer irgendetwas Wichtiges gesehen."

Er stöhnt. „Willst du da auch etwa noch nachfragen?"

„Ich werde jeder Spur nachgehen", verkündete ich tiefatmend. „Es lässt mir einfach keine Ruhe."

Ich schaue mir noch einmal die übrig gebliebenen Gäste an. Bis jetzt habe ich noch keinen entdeckt, der wie ein Killer aussieht. Aber wie sieht ein Killer aus? Hat er einen gleichgültigen Gesichtsausdruck, oder wirkt er besonders kalt? Kleidet er sich unauffällig oder wählt er dunkle Farben?

Horst scheint meine Gedanken zu erahnen. „Wer weiß, ob wir hier an der richtigen Adresse sind. Es sieht hier nicht nach einem Killertreffpunkt aus, oder siehst du das anders?"

„Es scheint mir eine ganz normale Kneipe zu sein, aber das sagt natürlich nichts, hierhin können sich alle verschiedenen Menschen verirren. Und der Wirt, er ist auch kein unsympathischer Typ. Wenn du mich jetzt fragst, dann bin ich doch froh, dass ich Buchbinderin und keine Kommissarin geworden bin. Da fährt man nicht so oft auf Glatteis."

Zum Glück verkürzt mir Horst von da an die Zeit mit Anekdoten aus seiner Lehrzeit, und ich atme auf, als Resi ihren Mantel anzieht und uns auffordert, mit ihr das Lokal zu verlassen.

Draußen weht ein starker Herbstwind, ein paar vereinzelte Tropfen schaffen es bis auf den Boden.

Wir stellen uns in den Eingang des Roten Hahns, und ich ziehe die Fotos aus der Tasche.

Trudi nickt. „Ach, die Bilder aus der Zeitung. Ja, die kenne ich alle. Sicher möchtet ihr wissen, ob von diesen Leuten jemand bei uns in der Wirtschaft war."

„Ja, das wäre für mich schon interessant", bestätige ich ihre Vermutung. „Da habe ich die Fotos von Trudis Geliebtem und sogar eins von seiner neuen Freundin. Das kennst du sicher noch nicht." Ich reiche ihr ein Bild der jungen Verkäuferin Hannelore, seiner neuen Freundin.

Sie schmunzelt. „Wo hast du das her? Das hat sie dir doch sicher nicht selbst gegeben."

„Die Confiserie hat zum Geschäftsjubiläum einen Katalog mit den Mitarbeitern herausgegeben, die liegen im Laden aus, und davon darf man sich ein Exemplar mitnehmen, wenn man möchte, und daraus habe ich mir das Bild ausgeschnitten."

Sie sieht sich das Foto der jungen Frau an. „Nein, die war auch noch nicht hier bei uns. Hast du sonst noch was?"

Ich lege ihr noch einmal die ausgeschnittenen Zeitungs-Fotos des Geschäftsmannes Hartmut, seiner Frau Luise und seiner Sekretärin Sigrid vor. „Und von diesen?"

„Die Frauen kenne ich nicht, aber der Hartmut, der war doch früher oft hier. Wusstest du das nicht?"

„Keine Ahnung", sage ich gespannt. „Und was weißt du darüber?"

„Naja, das ist doch nichts Besonderes. Nach außen hin hat er den feinen Geschäftsmann gespielt, aber er war doch ein Bonner Urgestein, der aus den Slums kam. Wenn er aus den Nobel-Kneipen kam, hat er sein letztes Bier stets hier getrunken."

„Wann war er denn zum letzten Mal hier?"

„Das weiß ich nicht so genau. Vielleicht vor ein paar Monaten? Aber möglicherweise war er danach auch noch mal im Roten Hahn. Trudi hat oft die Spätschicht übernommen."

„Wie ist sie denn da nach Hause gekommen? Hat sie sich mal von jemandem mitnehmen lassen."

„Nein, ganz bestimmt nicht. Sie hatte ihr eigenes Auto, diese alte Klapperkiste. Aber das war ihr lieber, als zu einem Fremden ins Auto zu steigen. Wie gesagt, sie war ziemlich schüchtern. Nur ihrem Freund, dem hat sie vertraut. Aber auch über ihn hat sie mir nie etwas erzählt. Andere würden prahlen, wenn sie so einen reichen Macker hätten."

Ich seufze. „Also war hier nur Hartmut ein Stammgast. Und du bist hundertprozentig sicher, dass er nichts mit Trudi hatte?"

„Dafür würde ich meine Hand ins Feuer legen. Der liebte doch nur das Geld und sich selber, für mittellose Frauen hatte er keine Augen. Trudi hat mir mal erzählt, dass ihn seine Frau Louise schon einmal abends in der Kneipe gesucht hat, aber das ist schon ein paar Jahre her, da war sie wohl noch eifersüchtig auf ihn. Zuletzt hat dieses Paar wohl sein eigenes Leben, ziemlich getrennt geführt."

Ich sehe sie neugierig an. „Was weißt du denn darüber?"

„Da stand mal was in der Klatschpresse. Da war irgendein Jubiläum der Kölner Firma. Da stand auch ganz groß drin, dass das Paar seine Aufgaben teilt. Er ist für die Kette in Deutschland verantwortlich, und sie holt sich in Rom Inspirationen für die neue Mode. Bestimmt hat sie da auch einen Freund, sonst hätte sie es nicht so lange mit ihrem Mann ausgehalten", vermutet Resi.

„Und gab es in der letzten Zeit noch irgendwelche verdächtigen Gestalten, die hierherkamen?"

„Mir ist nichts aufgefallen", sagt sie bedauernd. „Aber jetzt wird es mir wirklich kalt, und ich bin müde. „Wenn noch etwas ist, dann meldet euch einfach wieder! Leider ist das alles, was ich weiß, dabei würde ich sehr gern helfen, den Mord an Trudi aufzuklären."

Wir bedanken uns bei Resi, begleiten sie zum Auto und verabschieden uns von ihr.

„Bist du nun zufrieden?" fragt mich Horst.

„Überhaupt nicht", antwortete ich enttäuscht. „Was nutzt es uns, dass wir jetzt wissen, dass Hartmut noch ab und zu hier war. Es geht doch um seinen Mörder."

„Einer seiner geprellten Kunden könnte auch hier gewesen sein, und vielleicht hat der dann hier auch Trudi kennengelernt und sie umgebracht, weil sie entdeckt hat, dass er ein Killer war. Im alkoholisierten Zustand hat er ihr vielleicht etwas erzählt."

„Das ist gar nicht so dumm", finde ich. „Dann hat sie ihm gedroht zur Polizei zu gehen, und er hat sie umgebracht. Vielleicht sollte ich mich dann doch noch mal mit dem Kommissar Wintertag zusammensetzen und ihm diese Liste abluchsen."

„Vielleicht haben wir uns jetzt aber auch an die falsche Person gewandt", überlegt Horst. „Den Wirt selbst sollten wir fragen."

Ich sehe ihn schelmisch an. „Würdest du das vielleicht morgen für mich tun? Ich werde mich mit dem anderen Horst, dem Kommissar über Hartmuts Kunden unterhalten, und außerdem habe ich eine wunderbare Aufgabe für meine Freundin Maja."

Er grinst. „Du kannst ganz schön delegieren. Was soll diese Maja denn nun alles für dich tun, du Nimmersatt."

„Sie verkauft an den Haustüren diese amerikanischen Kosmetik-Artikel, für die aktuell viel im Fernsehen geworben wird. Viele Hausfrauen verdienen sich damit ein paar Groschen, denn man benötigt keine Ausbildung dazu."

„Und wem soll Maja dann ein paar Lippenstifte und Duftseifen verkaufen?"

„Den Frauen, die ich bis jetzt noch nicht kenne, und die mir noch in meiner Sammlung fehlen. Da geht es mir noch einmal um die Ehefrau von Manfred, diese Verena. Möglicherweise hatte sie doch aus irgendeinem Grund einen Hass auf diese Nebenbuhlerin, die Trudi. Und es geht mir um die Ehefrau von Hartmut, diese Luise. Resi hat eben eine Andeutung gemacht, die habe bestimmt einen Freund, dann hätte sie doch einen guten Grund, ihren lästigen Ehemann aus dem Weg zu räumen."

„Beide haben ein Alibi", weiß Horst.

„Aber beide könnten auch einen Killer bestellt haben, noch werde ich sie nicht von meiner Verdächtigen-Liste streichen."

Er lacht. „Dann bin ich ja froh, dass ich nicht dazu gehöre.

Kapitel 13

Der ältere Herr, der mir am Kiosk die Zeitung hinüberschiebt, sieht mich neugierig an. „Was soll ich beobachtet haben?"

Ich formuliere meine Frage noch einmal ausführlicher. „Konnten Sie beobachten, dass jemand einen Zettel zerrissen hat, bevor er ihn in den Mülleimer verschwinden ließ?"

Er sieht mich mit einem Blick an, als habe ich den Verstand verloren. „Ich beobachte doch nicht die Leute, die hier etwas in den Mülleimer werfen. Der wird von der Stadt Bonn geleert, und damit habe ich nichts zu tun."

„Es geht um den Mord an Trudi, von dem haben Sie bestimmt schon in der Zeitung gelesen", erkläre ich.

„Und die soll etwas bei mir weggeschmissen haben?" fragt er ungläubig.

„Möglicherweise, ja", hänge ich immer noch an meinem Papierschnipsel mit der entsprechenden Theorie.

Sein Gesicht wird freundlicher. „Den Mann, der in der Zeitung abgebildet war, den habe ich öfters gesehen, weil er regelmäßig in der Confiserie einkaufen ging und mit großen Tüten wieder herauskam. Das ist so ein teurer Laden, nicht jeder kann sich leisten, dort so viel Geld zu lassen."

Ich kann es nicht glauben. „Diesen Manfred haben Sie gesehen? Den Geliebten der Trudi F.?"

„Genau den. Das Schaufenster des Ladens liegt genau in meinem Blickfeld. Und dort hat er auch seine Geliebte kennengelernt?"

Ich staune und vermute, dass mein Gesicht nicht eben geistreich aussieht. „Die Trudi war auch hier? Haben sie denn zusammen dort eingekauft?"

Er schmunzelt. „Das ist schon lange her. Sie stand allein vor dem Laden, und sie ist mir aufgefallen, weil sie eine breite Laufmasche im Strumpf hatte. Sie zupfte immer an ihrem Rock, aber er wurde davon auch nicht länger. Und sie stand dann ganz allein und betrachtete sich immer wieder die Auslagen. Ich dachte schon, sie kann sich bestimmt sowas nicht kaufen, denn sie war sehr einfach und bescheiden gekleidet. Bei den Haaren fiel mir auf, dass die Farbe schon ein wenig herausgewachsen war. Ich kenne das von meiner Frau, die schimpft dann immer, dass sie wieder zum Friseur muss."

Ich sehe ihn wie gebannt an. „Und was passierte dann?"

„Dann kam dieser vornehme Herr, und er betrachtete sie eine ganze Weile von der Seite. Plötzlich sprach er sie an, aber ich konnte nicht verstehen, was er sagte. Es hat sehr lange gedauert, bis sie mit ihm in den Laden hineinging, und dann kamen sie mit vielen Tüten beladen wieder heraus. Ich sah, dass sie lächelte, und er zeigte ebenfalls ein zufriedenes Gesicht. Von da an habe ich sie nie wieder zusammen gesehen, aber ihn, ihn sah ich von da an ziemlich oft, und ich ahnte schon, dass in seinen großen Tüten auch immer etwas für diese graue Maus gewesen ist."

„Haben Sie das schon der Polizei erzählt?" erkundige ich mich rasch.

„Natürlich. Gleich heute Morgen, deswegen habe ich hier auch erst später aufgemacht. Gestern Abend bin ich erst aus Mallorca zurückgekommen. Dort war ich vier Wochen bei einem Freund, der eine Finka besitzt. Zu Hause fand ich dann alle meine Zeitungen vor, die mir meine Frau gesammelt hat. Und sie berichtete mir natürlich direkt von dem Mord, der hier alle Bonner Bürger beunruhigt."

„Dann haben Sie der Polizei bestimmt wieder einen guten Hinweis geben können", lobe ich ihn.

„Es war wohl nicht so aufregend für die Beamten", berichtet er. „Sie haben da wohl schon andere heiße Spuren. Denn dieser feine Herr hat ja wohl ein Alibi."

Ich nicke. „Davon habe ich auch gehört, obwohl viele Menschen wohl zuerst die logische Schlussfolgerung gezogen haben, dass Manfred diese Trudi vielleicht loswerden wollte, weil er eine Neue gefunden hat. So etwas hat es immerhin schon gegeben."

„Ich habe eine gute Menschenkenntnis", behauptet er. „Ich glaube nicht, dass er ein Mörder ist."

„Woran soll man einen Mörder erkennen?" frage ich ihn.

„Sie haben eine innere Anspannung, die nur selten nach außen tritt. Zuerst sind sie die Gejagten, aber wenn sie eine Tat vollbracht haben, jagen sie sich selbst. Das innere Gewissen treibt sie oder die Angst, entdeckt zu werden."

„Eine interessante Theorie", finde ich. „Haben Sie diesen Manfred denn heute schon gesehen?"

„Ja, er traut sich sogar durch die Stadt, obwohl ihn jeder kennen müsste. Zwar trägt er jetzt eine Brille mit einem Goldrand, aber die entstellt ihn kaum. Ein Mörder würde doch nicht so selbstsicher durch die Straßen laufen. Er hat eingekauft wie immer."

Nachdenklich betrachte ich den älteren Herrn mit den wachen Augen. „Vielleicht ist er so kaltblütig?"

„Nein, nein", sagt er mit fester Stimme und schenkt sich einen heißen Tee in einen bunten Becher ein. „Sie können meiner Menschenkenntnis vertrauen! Warten Sie es nur ab!"

Ich bedanke mich bei ihm und verabschiede mich nachdenklich."

Kapitel 14

Maja und ich stehen am Rheinufer und betrachten die kleinen und großen Schiffe, die ihre Frachten auf dem Rhein hin und her transportieren.

Heute ist meine Freundin in Begleitung ihrer beiden Kinder, dem fünfjährigen Michael und dem zweijährigen Stefan. Beide haben Spaß an dem bunten Verkehr auf dem Rhein und freuen sich über die Enten, die sich am Ufer aufhalten.

„Ich habe dir eine ganze Menge zu erzählen", beginnt sie ihren Bericht. „Zuerst war ich bei Verena, und als ich ihr die hübschen kleinen Proben in die

Hand drückte, bat sie mich sofort in ihr Wohnzimmer. Sie probierte unmittelbar danach verschiedene Lippenstifte, Make-up, Cremes und Düfte aus. Dabei hatte ich gedacht, sie, als reiche Frau, hätte das nicht nötig."

Ich sehe Maja interessiert an. „Und? Bist du hinter das Geheimnis gekommen?"

„Ja an ihrer Sprache habe ich erkannt, dass sie aus Sachsen kommt. Du weißt doch, meine Mutter kommt aus Dresden, und obwohl sie Hochdeutsch spricht, erkenne ich sächsischen Dialekt sofort. Ich habe sie sofort darauf angesprochen und ihr erzählt, dass ich drüben in der DDR einige

Verwandte habe, und dabei ist das Eis zwischen uns gebrochen. Sie stammt aus einer einfachen Familie, hat dann wohl eine sehr gute Ausbildung gehabt. Du kannst sie also jetzt zu den typischen Neureichen zählen. Und in der DDR gab es ja nicht viel, so freut sie sich hier immer noch über die Vielfalt der Dinge, die man hier kaufen kann."

„Das klingt interessant. Sie ist also bescheidener als ihr Ehemann, der mit seinem Superschlitten den großen Mann spielen will."

„Ich habe ihr etliche Pröbchen geschenkt", berichtet sie. „Obwohl ich sie selbst bezahlen muss. Aber das war es mir wert. Sie holte den typischen Bonner Eierlikör aus der kleinen Minibar, die sich in einer Klappe des Wohnzimmerschranks befand und befüllte uns damit kleine Gläser. Um das Eis ganz zu brechen, habe ich dann auch mit ihr davon getrunken. Schließlich hat sie angefangen, aus dem Nähkästchen zu plaudern."

Ich staune. „Sag bloß, sie hat von ihrer Partnerschaft gesprochen."

Maja nickt eifrig. „Das hat sie wirklich getan, und sie erzählte mir, dass sie mit ihrem Mann in einer lockeren Partnerschaft lebt. Er habe immer viele Freundinnen, eine nach der anderen. Nach einer Weile hatte sie die halbe Flasche leer getrunken, und ich denke, dass sie sich damit das Leben leichter machen will."

„Das ist natürlich sehr traurig", bemerke ich. „Dann war Trudi also nicht die Erste, und Hannelore wird nicht die Letzte sein."

„Sicher nicht", stimmt mir Maja zu. „Findest du ihn verdächtig?"

„Ich finde schon, dass Manfred, ihr Mann, ein sehr kaltschnäuziger Typ sein muss. Da wird seine Ex ermordet, und er amüsiert sich mit der neuen Freundin. So kalt kann doch nur ein Mörder sein. Hat Verena dazu etwas gesagt?"

„Ja, sie sagte, der Mord täte ihr sehr leid. Am Ende, als sie genug getrunken hatte, hat sie mir gesagt, dass sie glaubt, ihr Mann sei der Mörder. Schließlich sei er ja sehr einflussreich und habe die Möglichkeit, sich jede Menge Zeugen zu kaufen. Und an Waffen käme er auch."

Ich spüre, wie sich meine Augenbrauen heben. „Das klingt nicht gut. Hoffentlich ist Kommissar Wintertag auf dem Laufenden."

Der kleine Michael meldet sich. „Mama, was hat das Schiff da geladen."

„Das könnte Öl sein", vermutet meine Freundin.

Der Junge ist noch nicht zufrieden. „Und wofür ist das Öl?"

„Damit heizen die Leute, damit sie im Winter ihre Wohnung warm haben", erklärt ihm die Mutter. „Es brennt gut."

„Dann bin ich froh, dass wir in unserer Wohnung kein Öl haben", findet Michael. „Sonst brennt es nachher bei uns wie bei Opa."

Ich erschrecke. Wie schlimm muss es für die kleinen Kinder sein, den Verlust des Hauses zu erleben! Ob sie es überhaupt schon verstehen können?

„Wie geht es dir und euch denn jetzt überhaupt", erkundige ich mich bei Maja.

„Den ersten Schock haben wir wohl alle überwunden, der Rest

wird wohl sehr lange dauern. Meine Eltern leben mehr schlecht als recht in der winzigen Bude, und trotz einer Mini-Heizung ist es dort sehr kalt und feucht. Natürlich gibt es auch noch keine Ergebnisse wegen der Brandursache, und es dauert und dauert. Da bin ich neugierig, wann mein Vater endlich wieder damit anfangen kann, etwas Neues aufzubauen. Hoffentlich schafft er das noch in seinem Alter, du weißt ja, sein Herz ist nicht besonders stark."

„Ja, das ist sehr traurig", finde ich. „Kann man denn gar nichts machen, um die Sache voranzutreiben?"

„Leider nein. Der Fall liegt hier zu kompliziert, und die Versicherung will auch erst ganz sicher sein, bis sie mit dem Geld herauskommt. Aber ich bin froh, dass ich für dich heute etwas tun konnte, das lenkt mich von den trüben Gedanken ab. Jetzt verstehe ich erst, wie sich die vielen Menschen im Krieg gefühlt haben müssen, als sie ihre Häuser und ihr ganzes Hab und Gut verloren haben. Da ist es schon wichtig, dass man sich immer selbst tröstet und sich sagt: Hauptsache, alle leben noch."

„Und deine Schwester, wie kommt sie zurecht?"

„Auch mehr schlecht als recht. Sie hatte so viele schöne Bücher, die es alle nicht mehr gibt. Als Kind habe ich sie mir immer mit ihr angeschaut. Das alles existiert jetzt nur noch in der Erinnerung. Aber es waren schöne Erinnerungen."

„Oma und Opa sind traurig", sagt Stefan.

Ich staune. „Der Kleine kann nicht sehr nur gut sprechen, sondern ist auch sehr gescheit. Ich kann gar nicht verstehen, dass dein Mann nicht auf seine Söhne stolz ist."

Sie seufzt. „Ich auch nicht. Aber ich weiß heute schon, dass sich mein Leben irgendwann einmal ändern wird. Und trotzdem will ich jetzt in der Gegenwart leben, und deswegen habe ich dir auch noch etwas Wichtiges zu berichten, was dich bestimmt mit deinen Ermittlungen weiterbringen wird."

„Wirklich?!" Ich freue mich.

„Natürlich war ich, wie ich es dir versprochen habe, auch an der Villa der Witwe Luise, und ich habe eine ganze Weile an ihrer Tür geklingelt."

„Du bist ein Goldschatz! Wie bist du denn ohne Auto dahin gekommen?"

Maja lächelt. „Eine liebe Nachbarin, deren Kinder ich häufig verwahre, hat mich dorthin gefahren und sogar im Auto auf mich gewartet."

„Es ist schön, wenn man Freunde hat", finde ich. „Und es ist toll, wenn man sich gegenseitig helfen kann. Ich werde deiner Nachbarin Pralinen kaufen, denn das ist schon eine Belohnung wert."

„Fein, denn ihr Mann ist ein Gesundheitsapostel, und da er immer die Einkäufe tätigt, hat sie nur selten etwas Süßes im Haus. Aber darüber kann ich dir später etwas erzählen, jetzt geht es um die Witwe des ermordeten Geschäftsmannes Hartmut K..

Also, nachdem ich immer wieder den Klingelknopf gedrückt habe, hat tatsächlich jemand die Tür aufgemacht. Aber es waren weder Luise noch ihr Sohn Philipp, sondern ein gut aussehender, freundlicher Mann mittleren Alters."

„Sie hat also ein Hausfreund", vermute ich. „Was hast du dann gemacht?"

„Dann habe ich ein bisschen für dich geschwindelt. Ich habe so getan, als hätte Luise bereits schon einmal Interesse an diesen Kosmetika gezeigt, und er hat mich in die große Vorhalle gebeten.

Er ist dann zu ihr ins Wohnzimmer gegangen, denn ich habe gehört, dass er mit ihr geredet hat. Da bin ich nun aufs Ganze gegangen, leise quer durch die Halle geschlichen und habe hinter der halb geschlossenen Tür gelauscht. Sie haben zwar leise gesprochen, aber ich habe deutlich vernommen, dass sie ihn mit Schatz und er sie mit Liebling angeredet hat."

„Er könnte aber auch ein Bruder von ihr sein", kommt es mir in den Sinn.

Sie lacht. „Nein, das ist ausgeschlossen. Als es drinnen still wurde, sauste ich wieder zurück und stellte mich wieder genau dorthin, wo ich ursprünglich gewartet hatte. Er kam zurück und sagte mir, seine Bekannte wisse nichts von einer Verabredung. Als Bruder hätte er sich nicht so herausreden müssen. Da haben wir doch wieder ein ganz typisches Motiv für einen Mord. Luise hat also wirklich einen Freund, und er kann den Killer beauftragt haben. Er sah ein bisschen aus wie ein Italiener, vielleicht war er ja mit ihr auch in Rom zusammen, und dort hat er jemanden von der Mafia gefunden, der dann Hartmut umgebracht hat."

Ich überlege. „So weit kann ich die Theorie ja gelten lassen, aber wo ist da die Verbindung von diesem italienischen Killer zu dem Super-Casanova Manfred. Vergiss nicht, dass beide Opfer mit derselben Waffe umgebracht wurden!"

„Eins nach dem anderen", antwortet sie zuversichtlich. „Aber du musst zugeben, dass wir logisch nachvollziehbare Mordmotive haben."

„Ja, da bin ich ganz deiner Meinung. Du bist wirklich eine ausgezeichnete Ermittlerin. Mit deiner Hilfe bin ich jetzt wieder ein großes Stück weitergekommen. Wie hast du dich jetzt bei Luise und ihrem Freund aus der Affäre gezogen? Er hat sich doch bestimmt gewundert, warum du behauptet hast, Luise habe Interesse an den Kosmetika."

Meine Freundin schmunzelt. „Ich habe behauptet, ich hätte mich in der Hausnummer vertan. In der Regel werfe ich ja vorher auch Kataloge, manchmal sogar kleine Tüten mit Proben in die Briefkästen. Und dann habe ich eine Liste aus meiner Handtasche gezogen, auf der ich mir ein paar

Hausnummern notiert hatte, und natürlich auch die von Luise. Ich habe mich natürlich mehrmals entschuldigt und sehr zerknirscht gewirkt. Ich glaube, ich bin eine gute Schauspielerin."

„Ja, das musst du auch sein, wenn du mit deinem Mann noch ein Weilchen zusammenbleiben willst", kann ich mir nicht verkneifen. „Erzählt er dir wieder Märchen über seine Kollegen?"

„Jetzt hat er eine neue Super-Idee, ein anderer Kollege von ihm hat gerade seine Mutter verloren, bei der er immer gewohnt hat, und diesem Mann hat er jetzt angeboten, bei uns zu wohnen, dabei ist dieser Herr schon über fünfunddreißig, also schon mehr als dreimal sieben Jahre alt. Kannst du das verstehen? Er schmeißt meine wohnungslose, kranke Schwester aus der Wohnung und bietet einem Fremden Unterschlupf."

Ich sehe sie fassungslos an. „Nein, das kann ich nicht verstehen. Irgendwie zweifele ich gerade an der ganzen Welt. Der Krieg ist doch noch gar nicht so lange vorbei, die Menschen haben gerade begonnen, ihre Häuser wieder aufzubauen, und die Wirtschaft scheint zu blühen. Aber wenn ich mich hier so in der kleinen, romantischen Bundeshauptstadt Bonn umschaue, so entdecke ich doch immer wieder neue kleine und große Brennpunkte. Liegt das an der Zeit, oder ist das Leben immer so?"

Maja überlegt. „Das Leben auf der Erde war immer schon voller Katastrophen, aber es gibt auch Zeiten, die sind besonders schlimm. Und dieses Jahr 1974 werde ich nicht vergessen."

„Gibt es jetzt ein Eis?" fragt Michael.

„Na klar!" verspreche ich ihm. „Und ich lade euch ein."

Kapitel 15

Einmal im Monat gönnen Anna und ich uns den Besuch im Café Dombrowski auf dem Venusberg. An diesem Sonntag haben wir den Kommissar Horst Wintertag dazu eingeladen.

Wir bestellen die Zitronenrolle, denn kein Konditor im ganzen Umkreis kann sie so perfekt herstellen wie der Inhaber dieser Konditorei.

In Horsts Blick liegt etwas Generöses, als er uns eröffnet,

dass er uns dazu einlädt. „Ich habe nämlich etwas gutzumachen", verkündet er.

Anna sieht ihn erstaunt an. „Was hast du verbrochen?"

Schuldbewusst blickt er in meine Richtung. „Im Fall des Geschäftsmannes haben wir bereits zwei verdächtige Herren im Auge, deren Namen ich nicht nennen kann. Es sind zwei Männer, die durch Hartmut ihr ganzes Vermögen verloren haben."

Ich bin nicht sonderlich enttäuscht. „Immerhin sagst du es uns jetzt, wahrscheinlich hast du es auch gleichzeitig der Presse mitgeteilt."

Mit der Gabel zerteilt der Kommissar energisch den zarten Biskuit, und ich registriere, dass ich diesen Handgriff sehr brutal finde. Anna und ich sind es gewohnt, den lockeren Teig vorsichtig von der Creme zu trennen und beides nacheinander zu genießen.

„Ja, genau", fährt er fort. „Es gibt also für Außenstehende nicht mehr so viel zu tun. Der Fall Trudi scheint sich nun auch wie von selbst zu lösen. Ein Unbekannter hat Manfred denunziert, und er wurde bereits als DDR-Spion entlarvt. Seitdem man das Schein-Ehepaar nun unter Bewachung gestellt hat, sind sich Verena und Manfred nicht mehr grün. Er glaubt, seine Frau habe ihn denunziert und beschuldigt sie jetzt des Mordes an Trudi. Verena leugnet, ihn denunziert zu haben, beschuldigt ihn aber jetzt ebenfalls des Mordes an Trudi. Beide haben ein Alibi zur Tatzeit, aber das müssen wir natürlich jetzt noch einmal genauestens untersuchen."

„Vielleicht sind sie nur wütend aufeinander und wollen sich gegenseitig etwas anhängen", vermutet Anna.

„Möglicherweise hat sich einer von ihnen einen Killer gesucht, als Spion-Ehepaar sitzen sie da doch bestimmt an der Quelle", vermute ich.

„Aber Trudi und der Kaufmann Hartmut sind doch mit der gleichen Waffe erschossen worden", wirft Anna ein.

„Das macht uns auch noch Kopfzerbrechen", gibt Horst zu. „Es muss irgendeine Verbindung zwischen ihnen geben, die wir bis jetzt noch nicht entdeckt haben."

„Ich hatte bisher immer den Roten Hahn dabei in meinen Gedanken", berichte ich. „Ich war zuerst mit meinem Kollegen dort und habe Resi interviewt, aber sie hat lediglich gewusst, dass sich Hartmut ab und zu noch dort blicken ließ. Und mein Buchbinder-Kollege war noch mal allein dort und hat den Wirt unter die Lupe genommen. Er behauptet, niemanden von den anderen in seiner Kneipe wahrgenommen zu haben. Aber er sagt auch von sich, dass er sich Gesichter nicht merken kann, höchstens die von sehr guten Stammgästen."

Horst grinst. „Ich weiß, dass ihr dort wart. Mein Kollege hat euch dort gesehen. Du scheinst immer noch der Meinung zu sein, dass eure Ermittlungen besser sind als unsere, oder?"

Ich sehe ihn böse an „Wie kommst du nur darauf?! Du bist uns immer eine Nasenlänge voraus. Außerdem habe ich nicht den Ehrgeiz, einen zeitlichen Wettstreit mit dir zu gewinnen. Sicherlich hast du vergessen, dass ich diesen gefundenen Papierschnipsel für etwas Besonderes halte. Das war für mich ein Zeichen, mich in einem Mordfall voller Elan miteinzusetzen."

„Was du privat tust, geht mich nichts an. Aber wenn du unsere Arbeit behinderst oder sogar störst, muss ich dich bitten, dich da rauszuhalten", warnt er mich und versucht, dabei freundlich auszusehen.

Ich seufze. „Was habe ich denn jetzt schon wieder getan?!"

„Eine Frau hat Verena und Luise in ihrer Villa besucht, das hat mir ein verdeckter Ermittler berichtet. Bist du das gewesen?"

Mein, empörter, unschuldiger Augenaufschlag ist nicht gespielt, sondern entspricht vollends meinen Gefühlen. „Bisher habe ich beide Frauen noch nicht besucht, geschweige denn kennengelernt. Aber da bringst du mich auf eine gute Idee. In meiner Buchbinderei gibt es gerade hübsche Weihnachtsgeschenke, die wir mit der Hand anfertigen. Da kannst du zum Beispiel ein Leporello bestellen. Manfred könnte darin die Fotos seiner Ex-Geliebten aufbewahren, da ist viel Platz drin."

Anna grinst. „Für dich wäre das auch was", wendet sie sich an Horst. „Die Fotos all derjenigen, die Hartmut betrogen hat, könnte man darin auch sammeln. Clio kann dir sicher ein Leporello nach Maß anfertigen."

„Die Sache ist nicht witzig", meint er und betrachtet einen Fleck auf der Tischdecke. „Hier in Bonn sind während meiner Dienstzeit noch nicht viele Morde geschehen. Aber dieser Fall macht mir wirklich Kopfzerbrechen."

„Wir sollten heute Abend gemeinsam in eine Disco gehen", schlägt Anna vor und zwinkert mir zu.

Der Kommissar verzieht das Gesicht. „Im Augenblick fühle ich mich an meinem privaten Schreibtisch wohler. Dort kommen mir immer sehr gute Gedanken, und die habe ich gerade bitter nötig."

„Ab und zu sollte man sich auch den Kopf frei machen", findet Anna. „Ein bisschen Bewegung könnte dir auch nicht schaden."

„Ich hole mir viel Inspiration in der Natur", verrate ich den beiden. „Da ist mir gestern im Wald eingefallen, Hartmuts Frau, die Luise könnte auch einen Freund haben, der seinen Konkurrenten ermordet hat."

„Hartmuts Witwe hat einen Freund", platzt es aus dem Kommissar heraus. „Das ist längst bekannt. Das ist ein Deutsch-Italiener, der in Rom lebt, aber momentan seiner Freundin hier in Bonn beisteht. Zum Zeitpunkt des Mordes war er allerdings auf einer Hut-Messe und hat dort seine italienische Firma vertreten. Es konnte nachgewiesen werden, dass er zur Tatzeit viele hunderte Kilometer weit entfernt seine Arbeit verrichtete."

„Dann hat er sich den gleichen Killer gesucht, wie Manfred", findet Anna. „Denn für mich hat dieser Spion ein stärkeres Motiv, Trudi umzubringen, als seine Frau."

Horst stöhnt laut, und sein Atem verursacht einen Sturm in der Kaffeetasse. „Dann bringt mir diesen Killer, und ich verspreche euch, was ihr wollt!"

Meine Augen leuchten. „Das ist ein Wort! Aber bitte versprich mir auch, dass du mir in Zukunft die Informationen etwas früher weiterleitest! Und lauf mir nicht zwischen die Füße!"

Kapitel 16

Maja bringt mir die ersten Weihnachtsplätzchen. „Ich habe mit den Kindern am Wochenende schon gebacken. Sie haben immer so viel Spaß daran."

„Das kann ich mir gut vorstellen. Sicher hast du auch für deine Eltern und deine Schwester einige hergestellt", vermute ich und lade sie zu einem Tee ein, den ich gerade für mich gekocht habe.

„Na klar. Ich habe jetzt erst einmal festgestellt, wie wertvoll es ist, einen intakten Herd zu besitzen. Es gibt einfach Sachen, die nimmt man sonst für selbstverständlich, während das noch lange nicht der Fall ist."

„Geht es denn endlich weiter bei den Versicherungen?" erkundige ich mich mitfühlend.

Sie schüttelt den Kopf. „Nein, ich weiß auch nicht, wo es da hakt. Gutachter sind doch Experten, sie müssten doch endlich zu einem Ergebnis kommen. Aber für dich habe ich wieder ein Ergebnis herausbekommen. Es geht um den Mord an Trudi."

Ich stelle ihr den gefüllten Teebecher an den Platz. „Ich bin schon wahnsinnig gespannt. Jedes Detail kann wichtig sein."

„Also zunächst einmal wurde ich durchsucht und musste meinen Ausweis zeigen, als ich an Manfreds Villa angekommen war.

Man ließ mich auch erst herein, nachdem Verena versichert hatte, dass sie mich erwartet. Über die ganzen Kosmetikartikel hat sie sich wahnsinnig gefreut. Diese Amerikaner stellen ja wirklich süßen, bunten Kitsch her, und es duftet alles nach allen Aromen der Welt."

„Das hört sich vielversprechend an", antworte ich lächelnd. „Dann hast du diese Frau bestimmt in gute Laune versetzt."

Sie nickt. „In der DDR ist sie wohl nicht sehr verwöhnt worden, und jetzt freut sie sich über die Vielfalt. Selbstverständlich hat sie mir direkt wieder Alkohol angeboten, aber diesmal habe ich abgelehnt, und so musste sie dieses Zeug allein vernichten. Sie hat mir gesagt, dass sie ihren Mann nicht denunziert hat, und ich weiß nicht warum, aber ich habe es ihr geglaubt. Sie sagte, diese ganze Entwicklung mit der Entdeckung aller kleinen Spione sei völlig normal, der eine, der im Frühling unseren Bundeskanzler zu Fall gebracht habe, der sei es schuld, dass man sich nun auch nach all den kleinen Lichtern umsähe."

„Da ist was dran", finde ich.

„Aber mittlerweile bin ich mir nicht mehr sicher, ob sie nicht doch den Killer engagiert haben kann. Ich glaube, wenn sie manchmal so richtig viel Alkohol getrunken hat, dann weiß sie nicht mehr, was sie tut. Bei diesem Besuch hat sie mir nämlich nach etlichen Gläsern Edel-Kirsch-Likör gestanden, dass Manfred ihre große Liebe ist. Meist sei es ihm aber bei seinen Geliebten nur um Sex gegangen."

„Ich hoffe, dass du dabei nicht an deinen Mann erinnert wurdest", werfe ich ein.

„Oh doch, genauso war es. Ich habe mir auch überlegt, was diese komischen und mysteriösen Abenteuer für ihn bedeuten. Ich dachte, jetzt, seit ich zweifache Mutter bin, findet mich mein Ehemann vielleicht nicht mehr so attraktiv. Über solche Erkenntnisse habe ich schon etwas in einigen Büchern gelesen. Aber die Kinder sind noch klein, ich habe noch eine ganze Weile Zeit, mehr darüber herauszufinden."

Ich seufze leicht. „Gut, dass du deinen Humor immer noch behältst! Und wie ging es dann bei Verena weiter?!"

„Nachdem in der Likörflasche ein Riesen-Vakuum entstanden war, wurde sie wieder sehr gesprächig. Sie erzählte mir, dass sie ihrem Mann einmal in den Wald nachgefahren ist, als er sich dort mit Trudi vergnügte. Sie habe dann das Auto in einiger Entfernung abgestellt, und es sei richtig gruselig gewesen, eine dunkle, neblige Herbstnacht, und die Bäume hätten ausgesehen wie die Gerippe von Toten mit dem Nebel ihrer gespenstischen Seelen. Sie fand es ziemlich makaber, dass sich die beiden in dieser Umgebung küssten und liebten."

„Wie konnte sie das denn sehen, wenn es dunkel war?" frage ich ungläubig.

„Das habe ich sie auch gefragt, aber sie meinte, er hätte sogar das Radio leise angehabt und das Armaturenbrett hätte geleuchtet. Dabei hätte sie die Schatten mit all ihren Bewegungen sehr gut beobachten können."

Ich kneife die Augen zusammen. „Sie hat dabei zugeguckt?"

„Ja, stell dir vor, und nicht nur ein paar Minuten, sondern ganze zwei Stunden, bis sie halb erfroren war."

„Hat sie dir auch gesagt, warum?"

„Ja, das hat sie. Sie wollte wissen, ob es wieder einmal nur eine Sex-Geschichte sei, oder ob er sie wirklich liebte."

„Hat sie es herausgefunden?"

„Sie erzählte, dass die beiden zuerst hungrig übereinander hergefallen seien wie wilde Tiere, die sich auffressen wollten. Nach langen Phasen der Ekstasen, auch in tranceähnlichen Zuständen, hätten sie sich eng umschlungen so festgehalten, als wollten sie sich nie wieder loslassen, miteinander verschmelzen."

„Das muss für sie ziemlich schlimm gewesen sein, wenn sie ihn so liebt, wie sie behauptet", bemerke ich leise.

Maja nickt. „Ich glaube, sie sah in Trudi eine echte Bedrohung ihrer Partnerschaft."

„Und dann hat sie nichts unternommen und ist einfach so nach Hause gefahren?" frage ich ungläubig.

„Sie fror nicht nur fürchterlich, sondern die Autoscheiben waren inzwischen so beschlagen, dass sie nichts mehr sehen konnte. Da sei sie dann aus ihrer Erstarrung aufgewacht und den Weg bis zum Auto wieder zurück gestolpert. Nach einem kurzen wütenden Weinkrampf sei sie dann in einem unerlaubt schnellen Tempo wieder zurückgefahren. Das Auto habe sie dann in der Garage einmal kurz gegen die Wand gesetzt, aber Geld spielte ja zu der Zeit in der Partnerschaft keine Rolle. Es war ja genügend da. Beide hatten auf einmal so viel, wie sie gar nicht ausgeben konnten. Und eins sag ich dir, wenn sie wirklich Spione sind, dann sind sie keine guten. Er hat sich wirklich mehr als auffällig verhalten, und sie ist auch viel zu emotional."

Ich sehe Maja nachdenklich in die Augen. „Dann hältst du also

Verena für die mögliche Mörderin, beziehungsweise für die Auftraggeberin."

Sie nickt. „Wenn man Verena nüchtern kennenlernt, traut man es ihr nicht zu. Aber wenn man zuschaut, wie sie sich unter Alkoholgenuss, oder besser gesagt Missbrauch, entwickelt, dann kann man sich gut vorstellen, zu was sie alles fähig ist. Aber jetzt, Süße, muss ich schnellstens wieder gehen. Die Oma hat heute nicht so lange Zeit, und ich muss die Kinder wieder abholen. Trotzdem hoffe ich, dass ich dir helfen konnte."

„Das hast du wirklich, und ich bin dir riesig dankbar. Natürlich lasse ich dich jetzt nicht mit dem Bus fahren. Ich bringe dich jetzt mit dem Wagen nach Hause, denn ich habe sowieso noch etwas vor."

„Willst du es etwa noch mal bei Hartmuts Witwe Luise versuchen?" erkundigt sie sich skeptisch.

„Nein, da ist es mir momentan zu heiß. Sicher wimmelt es da auch so vor verdeckten Ermittlern. Ich habe etwas anderes vor. Ich weiß, wo ich Philipp finden kann. Er war am Nachmittag beim Fußballtraining im Bonner Nordpark, wo der BSC jetzt seit einiger Zeit trainiert, nachdem man die Gronau geschlossen hat."

„Und womit willst du ihn ködern?" fragt sie neugierig.

„Wenn mir bis dahin nichts Besseres einfällt, möchte ich dich wieder einmal benutzen. Brauchst du nicht dringend einen Babysitter?"

Sie lacht. „Von mir aus. Ich kann ihn mir sowieso nicht leisten, aber du wirst ihn mir dann sicher von deiner Belohnung bezahlen."

„Ich glaube nicht, dass er Geld nötig hat. Mittlerweile hat doch seine Mutter wieder das Ruder der Firma in der Hand, und ich vermute auch, dass ihr Freund aus Rom gewiss in die Firma mit einsteigen wird, um sie zu retten. Ich brauche das nur so als Ausrede, um ihn anzusprechen."

Sie lächelt. „Ich weiß also Bescheid und lasse dir freie Hand, weil ich weiß, dass du mich auch wieder da herausholst, wohin du mich hineinziehst."

Kapitel 17

Nicht immer ist das Glück auf meiner Seite, Philipp ist nicht allein, als er den Sportpark verlässt. Eine Gruppe, bestehend aus einem halben Dutzend junger Männer albert ein wenig herum, sie schubsen sich, grölend ein bisschen und haben offenbar viel Vergnügen an ihren Scherzen.

Ich warte im Auto und beobachte den jungen Mann in der Hoffnung, dass er sich bald von seinen Freunden trennt.

Meine Geduld wird belohnt, er winkt den anderen noch einmal zu, geht zu einem Fahrrad, öffnet das Schloss und schwingt sich auf das Zweirad.

Ich starte das Auto und fahre langsam, in einigem Abstand hinter ihm her. Hoffentlich fährt er jetzt nicht direkt nach Hause, da würde ich den Beamten geradewegs in die Arme laufen.

Jetzt habe ich doch noch Glück, er hält an einem Büdchen, und ich stoppe ebenfalls, parke und springe aus dem Auto.

Philipp kauft sich Zigaretten, zum ersten Mal schimpfe ich nicht gegen dieses Suchtmittel, sondern bin froh, dass diese Glimmstängel mir die Gelegenheit geben, den jungen Mann anzusprechen.

„Entschuldigen Sie", wende ich mich an ihn, bevor er auf sein Rad steigt. „Kennen Sie sich hier aus?"

Er sieht mich überrascht an. „Ein bisschen schon. Wo möchten Sie denn hin?"

„Zum Sportpark Nord", schwindele ich. „Der soll doch hier irgendwo sein."

„Ist das Ihr Auto?" fragt er zurück und zeigt auf meinen Wagen.

Ich nicke, und er grinst. „Da fahren Sie in die falsche Richtung. Sie müssen drehen, und dann sehen sie ihn auch schon bald."

„Das hört sich gut an", finde ich. „Ich suche nämlich da für meine Freundin einen netten jungen, sportlichen Mann als Babysitter für ihre kleinen Jungen. Die spielen nämlich so gern Fußball."

Er lacht. „Und die suchen Sie im Sportpark? Ich glaube nicht, dass Sie da jetzt einen finden. Haben

Sie es mal mit einer Zeitungsannonce versucht?"

„Bis jetzt noch nicht, aber davon verspreche ich mir auch nicht viel. Ich dachte, wenn ich jemanden sehe, und er sieht freundlich und vertrauenerweckend aus, dann kann ich gleich entdecken, ob es passen würde oder nicht."

„Ich kann mich ja einmal umhören unter meinen Freunden. Wie oft wird er denn gebraucht?"

„Nicht oft, vielleicht so zweimal im Monat, das würde schon reichen."

Er überlegt kurz. „So viel Zeit könnte ich schon mal zwischendurch aufbringen. Ich habe sowieso vor, den Jugend-

Trainerschein zu machen. Es würde mir schon möglich sein, auch mal privat das eine oder andere Talent zu fördern. Wie alt sind die Kinder denn?"

„Fünf und drei Jahre alt, und sie sind verrückt nach Fußball", übertreibe ich ein bisschen.

„Dann sollten wir das festhalten", meint er. „Wollen Sie sich meinen Namen und meine Adresse aufschreiben?"

„Darf ich Sie denn jetzt vielleicht zu einem Kaffee oder einer Cola einladen", verfolge ich eilig meine Absichten.

„Warum nicht, dann können Sie mich dabei kennenlernen. Aber

vielleicht werden Sie dann Ihre Frage auch direkt wieder zurückziehen."

Ich hole am Büdchen zwei kleine Flaschen Cola und setze mich mit ihm auf die Holzbank.

Erwartungsvoll sehe ich ihn an. „Warum sollte ich mein Angebot zurückziehen? Sie sehen sympathisch aus, haben Sportkleidung an und den dazugehörigen Sport-Beutel auf dem Gepäcksständer. Also treiben sie doch bestimmt regelmäßig Sport, oder?"

„Ja, ich spiele Fußball, im Verein sogar, und ich möchte beruflich auch einmal etwas mit Kindern machen. Aber meine Familie steht momentan in den Schlagzeilen. Man hat meinen Vater Hartmut ermordet, davon können Sie hier in Bonn jeden Tag etwas in der Zeitung lesen. Seit einiger Zeit ist es das Thema des Tages geworden. Selbst meine Mutter, ihr Freund und ich stehen immer noch unter Verdacht."

„Davon habe ich auch schon viel gelesen und gehört, und ich nehme auch großen Anteil an den schrecklichen Vorfällen. Aber wenn Ihre Mutter und ihr Freund genauso sympathisch sind wie Sie, dann kann ich mir nicht vorstellen, dass sie etwas mit dem Mord zu tun haben. Sicher haben Sie jetzt eine schwere Zeit, einen Vater zu verlieren, das ist schlimm."

Er nickt, und die Fröhlichkeit weicht aus seinem Gesicht. „Er war kein guter Vater, das wissen Sie bestimmt auch aus der Zeitung, aber er war in meiner Kindheit eine wichtige Figur, die in mein Leben gehörte. Und auf diese Art und Weise ums Leben zu kommen, ist auch grausam. Das wünscht man keinem. Aber es ist auch nicht so, dass ich ihn besonders vermisse."

„Das versteht jeder, ich glaube ja nicht alles, was in der Zeitung steht, aber wenn auch nur ein Bruchteil davon wahr ist, dann hatten Sie sehr zu leiden."

„Ganz sicher. Seine Wutausbrüche, seine Schläge werde ich nicht vergessen, und wenn mich meine Mutter zu schützen versuchte, scheute er sich auch nicht, sie anzugreifen. Allerdings gebe ich zu, dass die Bosheiten, die er aussprach und mit denen er uns zu malträtieren versuchte, viel schlimmer waren als die Schläge. Er war ein richtiger Tyrann, einer, der weiß, wie man Menschen quält."

„Das tut mir sehr leid, und ich hoffe, Sie werden es jetzt besser haben. Ist denn wenigstens der Freund Ihrer Mutter gut zu Ihnen und zu ihr?"

„Ja, am Anfang mochte ich ihn nicht, weil ich dachte, er nimmt mir die Liebe meiner Mutter weg.

Aber jetzt ist er ein richtiger Kumpel für mich geworden, und er verwöhnt meine Mutter. Allein deswegen muss ich ihn schon gernhaben. Sie hat auch viele Jahre unendlich viel unter meinem Vater gelitten, wie alle Menschen, die sich in seiner nahen Umgebung befunden haben."

„Dann war er auch zu seinen Leuten in der Firma unfreundlich?" taste ich mich vor.

„Sie haben ihn alle gefürchtet" berichtet er. „Ich bin übrigens Philipp, und Sie können ruhig Du zu mir sagen."

„Das ist nett", antwortete ich erfreut und reiche ihm die Hand.

„Und ich könnte deine große Schwester sein, ich bin die Clio.“

„Ich weiß“, sagt er und grinst. „Dein Bild war auch schon in diesem verrückten Tagesblättchen. Du hast diesen Papierschnipsel gefunden, und es hat mir imponiert, dass du damit zur Polizei gegangen bist. Viele Leute mischen sich nicht ein, sondern halten sich lieber aus allem raus. Ich bin auch der Typ, der nicht wegschaut. Brauchst du nun wirklich einen Babysitter oder wolltest du mich nur ausfragen?“

„Das eine schließt das andere nicht aus“, sage ich munter. „Meine Freundin Maja hat diese süßen kleinen Bengel, aber der eigene Vater hat wenig Interesse an ihnen. Sie könnten schon jemanden gebrauchen, der mit ihnen mal etwas kickt. Oder erinnert dich das zu schmerzhaft an deine eigene Kindheit?"

Er schüttelt den Kopf. „Nein, auf keinen Fall. Die kleinen Jungen tun mir leid. Um die werde ich mich auf jeden Fall ab und zu kümmern, auch ohne, dass mir jemand etwas dafür bezahlt. Sag das deiner Freundin!"

„Danke! Da wird sie sich sehr freuen. Sie hat nämlich wirklich nicht viel Geld und kann jede Hilfe gut gebrauchen."

Er zieht ein Notizblöckchen aus seiner Jackentasche, reißt eine

Seite heraus und schreibt ihr seine Telefonnummer auf. „Hier! Sobald ihr mich braucht, könnt ihr euch melden." Er reicht mir den Zettel. „Und ich kann dir auch versichern, dass weder meine Mutter noch ihr Freund etwas mit dem Mord zu tun hatten. Sie sind gutmütige Menschen, die so etwas nicht fertigbrächten. Weder meine Mutter noch ihr Freund kultivieren Hassgefühle. Im Gegenteil, sie sind beide sehr gläubig und verzeihen viel zu schnell und zu viel."

„Und wen hast du in Verdacht" gehe ich aufs Ganze.

„Ich hatte mal einen Arbeiter im Visier, den mein Vater einmal rausgeschmissen hat, aber vermutlich war ich auf der falschen Fährte. Wahrscheinlich war es wirklich einer seiner geprellten Kunden. Ich bin sicher, dass es die Polizei bald herausfinden wird."

Ich stecke den Zettel ein. „Das hoffe ich auch, denn irgendwann müsst ihr auch ein wenig zur Ruhe kommen. Wenn man Geduld hat, können viele Wunden heilen. Ich wünsche dir jetzt noch einen schönen Abend! Dann freue ich mich schon auf deine Arbeit mit den Jungen."

Er reicht mir die Hand und drückt sie fest. „Ich mich auch."

Kapitel 18

Die ersten Schneeflocken mischen sich in den Regen, ich halte den Schirm dicht über meinem Kopf. Der Mann vor meiner Haustür hat die Kapuze tief ins Gesicht gezogen. Beim Näherkommen erkenne ich den Kommissar Wintertag.

Er sieht mich ernst an. „Darf ich einen Moment mit zu dir hinauf?"

„Bitte!" sage ich und lasse ihn eintreten. „Was hast du auf dem Herzen?"

„Ich bin sauer auf dich und habe aber gleichzeitig wichtige neue Nachrichten, die dich interessieren werden. Denn ich halte mein Versprechen."

Ich ahne, dass sein Vorwurf etwas mit Anna zu tun hat, nehme ihn mit in die Wohnung und bereite ihm schnell einen Kaffee zu, mit dem er sich aufwärmt.

„Ich habe deine Freundin mit einem jungen Mann gesehen. Sie schienen ziemlich vertraut zu sein. Hast du mir etwas verschwiegen?"

„Du meinst sicher Anna", frage ich überflüssigerweise. „Es gibt da nämlich noch Maja, deren Elternhaus erst kürzlich abgebrannt ist, und meine

Freundin Dagi, die leider viel zu weit weg in Hamburg wohnt."

Er sieht mich böse an. „Du weißt genau, wen ich meine."

„Anna, ja, sie hat jemanden ganz neu kennengelernt. Aber ich habe keine Ahnung, wie weit die beiden inzwischen gekommen sind. Ehrlich gesagt, bin ich momentan so beschäftigt, dass ich meine Freundinnen sehr vernachlässige. Wenn du mich also fragst, was da läuft, kann ich dir keine Antwort geben."

Er atmet tief. „Na dann kann ich ja wenigstens doch noch hoffen. Oder denkst du, dass wir gar nicht zusammenpassen?"

„Was passt zusammen?", antwortete ich mit einer Gegenfrage. „Gegensätze oder verwandte Seelen? Ich glaube, so etwas Ähnliches hast du mich schon einmal gefragt, und ich weiß heute noch genauso wenig eine Antwort darauf wie beim letzten Mal. Vielleicht muss man es einfach nur fühlen."

„Der Kaffee ist gut", behauptet er. „Es gibt wichtige Neuigkeiten, die dir sicher sogar etwas Genugtuung bereiten werden."

Überrascht sehe ich ihn an. „Das hört sich interessant an."

„Verena hat gestanden, den Mord an Trudi in Auftrag gegeben zu haben. Sie liebt Manfred sehr, obwohl das eigentlich nicht so vereinbart gewesen ist, denn sie gehören tatsächlich zu den etwas unbedeutenderen Spionen. Sie sollten lediglich ein verheiratetes Paar spielen, und die Eheschließung gingen sie nur zum Schein ein. Nachdem Verena festgestellt hat, welche Gefühle sie für Manfred entwickelt hatte, überwachte sie ihn eifersüchtig und folgte ihm überall hin. Seine lockeren Affären schmerzten sie zwar, aber richtig ernst wurde es erst, als ihr Mann mit Trudi ein Verhältnis begann. Seine Verflossenen waren stets elegante und oberflächliche Weibchen gewesen, aber Trudi war eine einfache, ehrliche Haut und insofern für Verena eine echte Konkurrenz, wie sie dachte. Deshalb gab es eine große Auseinandersetzung der beiden Spione, Manfred wollte sich scheiden lassen, und seine Frau hoffte, ihn durch Erpressung zu halten. Sie hat tatsächlich diesen Brief geschrieben, von dem du einen Schnipsel gefunden hast. Allerdings war sie stark alkoholisiert, und deshalb konnte ihre Schrift anfangs nicht identifiziert werden. Manfred nahm diese Drohung nicht ernst, und er steckt den Brief in seine Jackentasche. Am Römerplatz hat er ihn dann herausgeholt, zerrissen und in den Mülleimer gesteckt, bevor er seine Einkäufe in der Confiserie getätigt hat. Auf welche Weise der Schnipsel dann wieder den Abfalleimer verließ, ist nicht mehr nachvollziehbar."

Ich bemerke, dass mir der Mund offensteht und bin sicher, nicht sehr intelligent auszusehen. „Also doch!" sage ich nur.

Horst fährt ungerührt fort. „Als Verena sah, dass ihr Ehemann die Drohung nicht ernst nahm, wurde sie sehr wütend und sie beschloss, die Affäre der beiden irgendwie zu unterbinden. Nun hat sie im Protokoll zugegeben, dass sie jemanden getroffen hat, der keine Skrupel hatte, sich um die ganze Sache zu kümmern. Und dieser Unbekannte hat dann Nägel mit

Köpfen gemacht und Trudi erschossen."

„Das alles hat Verena zugegeben?!" Ungläubig betrachte ich das Gesicht des Kommissars. Will er mich vielleicht jetzt auf den Arm nehmen, ärgern, weil ich ihm verschwiegen habe, dass Anna jemanden kennengelernt hat?

„Ich kann schon verstehen, dass du mir es nicht glaubst", errät er meine Gedanken. „Aber es ist die Wahrheit, und du wirst es morgen in der Zeitung lesen können."

Jetzt stellt sich mir wieder eine Frage, und zwar die Entscheidende. „Aber wer ist jetzt der Mörder?"

„Und genau das wissen wir nicht. Da tappen wir noch völlig im Dunkeln, denn Verena schweigt hartnäckig. Inzwischen konnten wir auch die Alibis des Ehepaares überprüfen. Sie sind tatsächlich wasserdicht."

„Dann wird es schwierig", vermute ich. „Konntest du denn bis jetzt in dem anderen Fall auch weiterkommen? Habt ihr inzwischen alle von Hartmuts Betrogenen überprüfen können?"

„Nein, noch nicht alle, da fehlen uns noch einige, aber wir haben eine Sonderkommission gebildet, mit Zusatzkräften, davon versprechen wir uns, dass es schneller geht. Hast du noch einen Kaffee für mich?"

Ich fülle die Tasse nach. „Das sieht nach einer langen Nacht aus. Was hast du vor? Möchtest du irgendeinen Verdächtigen überwachen?"

„Ich werde mir einen Plan überlegen, wie ich Verena dazu bringen kann, dass sie auspackt."

„Willst du mir das überlassen? Von Frau zu Frau geht das manchmal besser."

Er schüttelt den Kopf. „Nein, das könnte meinen Kopf kosten. Und wenn ich nun nicht die Liebe meines Lebens heiraten kann, dann will ich wenigstens meinen Job behalten."

„Also schön, dann muss ich den Täter im Umkreis von Hartmut suchen. Hast du überhaupt schon alle seine Angestellten überprüft?"

„Das macht mein Kollege, den du ja auch kennst, Kommissar Schütte. Aber er hat noch mehr zu tun als ich, weil es ja nicht nur die Firma in Köln gibt, sondern eine ganze Reihe von Filialen."

„Das gibt viel Arbeit. Im Umkreis von Verena würde ich den Mörder ja eher im Kreis der Spione suchen, aber im Fall des Geschäftsmannes Hartmut K. neige ich dazu, eher jemanden aus einer Mafia zu verdächtigen."

Horst sieht mich durchdringend an. „Wegen des Freundes der Witwe? Wegen der Auslandsaufenthalte?"

„Immerhin, aus dem Ausland kann schnell jemand kommen, und genauso schnell wieder verschwinden."

Er grinst. „Jetzt machst du mich wieder ganz durcheinander. Du denkst also immer noch, jemand aus der Familie könnte einen Killer beauftragt haben?"

Ich grinse zurück. „Leider tappe ich noch genauso im Dunkeln wie du. Aber ich bin ganz sicher, dass wir beide irgendetwas übersehen. Irgendetwas ganz Wichtiges, das direkt vor unserer Nase ist."

Er springt auf, bedankt sich für den Kaffee und verabschiedet sich von mir. „Es geht nur mit einem Plan. Ich werde Verena dazu bringen, mir den Täter zu verraten."

Kapitel 19

Maja und ich wandern durch den Bonner Hofgarten mit dem Blick auf die Friedrich-Wilhelm-Universität.

Auf der Wiese sammeln fröhliche Kinder die letzten Kastanien.

„Wenn doch alle Kinder so unbeschwert sein könnten!" wünsche ich mir.

Meine Freundin stimmt mir zu. „Dann gäbe es eines Tages eine bessere Welt. Aber ich sehe es ja, wie es in meiner Familie zugeht. Ständig muss ich eingreifen, damit die Kinder nicht zu Duckmäusern werden. Und was aus geschlagenen Kindern werden kann, das sehen wir ja an Kieso."

„Da ist es schon ein Wunder, das aus Philipp ein ordentlicher Junge geworden ist. Ich hoffe, er wird mit deinen Kindern gut umgehen können. Du kannst es erst einmal ausprobieren."

„Worauf du dich verlassen kannst", antwortet sie fest. „Ich gebe meine Kinder nicht jedem in die Hände. Zunächst also werde ich ihm auf die Finger schauen."

„Es ist schon merkwürdig, dass Philipp nicht so nachtragend ist, sondern hoffnungsvoll in die Zukunft blickt. Bei Verena hingegen steckt bestimmt mehr dahinter. Wahrscheinlich hatte sie auch keine gute Kindheit."

„Ihre Eltern waren den ganzen Tag arbeiten. Schon als ganz kleines Kind war sie den Ideologien der Partei ausgesetzt. Wahrscheinlich hat sie nicht allzu viel Liebe erfahren."

„Was soll bloß aus all den vielen Menschen werden, die ohne genügend Zuwendung aufwachsen?! Für Verena war das Leben mit Spionen von Anfang an gar nicht so ungewöhnlich. Vielleicht hat sie sich deshalb so sehr an Manfred gehängt. Es ist schon eine verrückte Geschichte mit dem geteilten Deutschland."

Ich bleibe ruckartig stehen. „Was sagst du da? Verena war an das Leben mit Spionen gewöhnt? Aber die Sekretärin des Geschäftsmannes Hartmut K., diese nette Sigrid, die hat mir auch etwas von Spionen erzählt. Deswegen ist ihre Familie auch geflohen. Sag mal, kann es zwischen den beiden nicht

irgendeine   Gemeinsamkeit
geben?"

„Sie sind beide aus der DDR, beide
aus Sachsen", erinnert sich Maja.
„Natürlich können sie sich zufällig
gekannt haben, aber Sachsen ist
groß."

„Und wenn sie sich hier irgendwo
wieder   getroffen   haben,   es
werden   doch   häufig   Treffen
veranstaltet für Menschen, die von
dort   kommen,   oder   für
Heimatvertriebene."

„Sie können sich auch zufällig beim
Friseur getroffen und am Dialekt
erkannt haben", überlegt meine
Freundin. „Aber ich weiß immer
noch   nicht,   worauf   du
hinauswillst."

„Es kommt mir so merkwürdig vor, dass Verena den Täter nicht verraten will, so, als würde sie ihn persönlich gut kennen. Denn wer schützt schon den Täter, wenn er sich selbst dadurch etwas entlasten könnte?!"

„Du meinst also, diese Sekretärin könnte Trudi und auch Hartmut umgebracht haben? Aber warum denn?"

„Wenn Sigrid Verena gut kannte, hat sie ihr vielleicht einen Gefallen getan. Wer einmal mordet, der kann es auch ein zweites Mal. Hartmut starb zuerst, danach Trudi. Und vermutlich war Sigrids Verhältnis zu Hartmut auch nicht gut. Möglicherweise hat er sie während der Arbeit auch gequält."

„Sie könnten vielleicht ein Verhältnis gehabt haben, und er hat sie abserviert, weil er nun an das große Geld gekommen war", überlegt Maja.

Ich hebe eine Kastanie auf und stecke sie in die Manteltasche. „Vielleicht gefiel es ihr auch nicht, wie er ihre Kollegen behandelte. Und möglicherweise war es ihr auch nicht recht, wie er seine Frau Luise und seinen Sohn malträtiert hat."

„Eventuell wusste Sigrid auch etwas über seine krummen Geschäfte, vielleicht hatte sie sogar selber etwas Geld in seine nagelneue Schein-Schmu-Firma hineingesteckt. Stelle Dir mal vor: Sie ist gerade dabei, sich hier ein neues Leben aufzubauen, da ist Sicherheit immer erst einmal wichtig."

„Er hat Millionen gemacht mit seinen Betrügereien", weiß ich. „Das habe ich heute Morgen sogar in unserer seriösen Tageszeitung gelesen. Und wenn es dort steht, muss es stimmen. In der Schweiz hat er viel Geld deponiert, bestimmt hätte er sich eines Tages dort abgesetzt."

„Das wäre nicht weit genug weg gewesen", vermutet Maja. „Aber in Brasilien kann man in der heutigen Zeit immer noch gut untertauchen. Wer weiß, was er vorhatte. Sigrid war seine Chefsekretärin, vielleicht weiß sie doch noch viel mehr über ihn, als sie der Polizei verraten hat."

Ich seufze. „Komisch! Ich kann sie mir gar nicht als Mörderin vorstellen. Als ich mit ihr spazieren ging, war sie zwar manchmal etwas misstrauisch, aber doch immer sehr freundlich."

„Auch die Gutmütigen kann man manchmal bis aufs Blut reizen, wenn man es lange genug versucht", behauptet Maja. „Vielleicht kannte er ihren wunden Punkt. Möglicherweise hatte es etwas mit ihrer Flucht aus der DDR zu tun oder mit ihrer Familie. Da gibt es viel zu spekulieren."

„Da hast du absolut Recht", antworte ich tiefatmend. „Ich werde mich mit ihr treffen und ihr auf den Zahn fühlen."

„Das würde ich nicht tun", warnt mich meine Freundin. „Wenn sie die Mörderin ist, ist sie gefährlich. Ich bin nicht sicher, ob sie die Pistole schon in den Rhein geworfen hat."

„Aber woher sollte sie überhaupt eine Pistole haben?"

„Da gibt es viele Möglichkeiten", überlegt Maja und bleibt stehen. „Hartmut hat bestimmt eine besessen. Ein Mensch, der so krumme Touren dreht, braucht eine Pistole, weil er immer damit rechnen muss, dass ihm jemand auf die Schliche kommt. Aber möglicherweise hat ihr auch Verena eine Pistole besorgt. In ihren Spion-Kreisen hatte sie bestimmt Zugang zu Waffen."

„Ich glaube nicht, dass Sigrid die Waffe noch bei sich trägt, wenn sie tatsächlich beide Morde auf dem Gewissen hat. Nach solchen Taten musste sie dieses Beweismittel doch schnell entsorgen."

„Vielleicht denkt sie anders als wir", rätselt Maja. „Diese Waffe gibt ihr eine Schein-Sicherheit. Außerdem richten Mörder sie manchmal gegen sich selbst, wenn sie entdeckt werden. Und, eine Pistole kann auch eine Trophäe sein."

„Ich werde schon aufpassen, wenn ich mich mit ihr treffe. Es muss ja nicht in der Nacht im dunklen Kottenforst sein."

„Willst du nicht doch lieber erst einmal alles mit dem Kommissar besprechen?" versucht sie, mich umzustimmen.

„Nein, wir haben ja bis jetzt noch keine Beweise, es sind ja nur Vermutungen. Vielleicht haben sich die beiden Frauen doch nicht gekannt. Und außerdem war Sigrid viele Jahre die Chefsekretärin dieses Betrügers, und viele Jahre lang kannte sie das Elend seiner

Frau und seines Sohnes. Warum sollte sie dann plötzlich gerade jetzt eingegriffen haben?"

„Darauf weiß ich auch keine Antwort, höchstens, dass Hartmut eben jetzt auch ihr Vermögen ruiniert hat, wenn sie etwas Bargeld bei ihm investiert hat. Und du sagtest doch, dass ihr das Geld im Moment sehr wichtig sei, besonders als Sicherheit für ihr neues Zuhause."

„Ich werde es schon herauskriegen", verspreche ich ihr. „Und da die Eissalons zu dieser Jahreszeit hier in Bonn jetzt geschlossen haben, lade ich dich an der Frittenbude zu einer Currywurst ein."

Sie lächelt. „Da ich die Kinder momentan bei ihrer Oma mehr als nur gut versorgt weiß, nehme ich dein Angebot an. Später schaue ich noch rasch bei meinen Eltern vorbei. Die beiden sind sehr erkältet, und ich bringe ihnen Medizin."

„Das hört sich nicht gut an", sage ich betrübt. „Ach, gäbe es doch irgendjemanden, der diese Sachen beschleunigen könnte. Wie kann die Versicherung nur so grausam sein, und diese Menschen so im Stich lassen. Es ist doch schon schlimm genug für sie, dass sie alles verloren haben. Und nun müssen sie in dem fortgeschrittenen Alter noch solche Einschränkungen erleben."

„Von der winzigen Baracke aus, in der sie da vegetieren, haben sie täglich den Blick auf die Brand-Ruine. Und wenn man den Weg zu ihnen entlang geht, dann riecht es nach nassem Ruß."

„Aber es muss doch in der heutigen Zeit festzustellen sein, wie und wo der Brand genau entstanden ist."

„Mein Vater hat inzwischen auch alles durchsucht, nachdem die Räume freigegeben wurden. Er glaubt, verschiedene Brandherde gefunden zu haben, aber die Gutachter verfolgen ihre eigenen Spuren."

„Das bedeutet ja dann, dass sich jemand daraus einen Spaß

gemacht hat", antworte ich entsetzt.

„Das ist durchaus möglich. Dem Haus gegenüber liegt die Jugendherberge. Da treiben sich manchmal auch jugendliche Banden herum. Wer weiß? Vielleicht haben die sich mal im Haus meiner Eltern einen gemütlichen Abend gemacht und dann hinterher alles angezündet. Sie hatten ja freie Hand, meine Eltern waren weit weg in Südtirol."

„Aber dann wird es schwierig mit der Versicherung", vermute ich. „Dann muss man die Brandstifter suchen und verurteilen. Wenn die dann kein Geld haben, dann wird es eng."

„Solche und ähnliche Gedanken haben meine Eltern den ganzen Tag", verrät mir Maja. „Ich hoffe nur, dass sie durch diese psychische Belastung nicht auch noch kränker werden."

Wir sind an der Frittenbude auf dem Bonner Markt angekommen. „Das ist alles sehr traurig", finde ich. „Und es tut mir auch wahnsinnig leid für deine Eltern. Richte ihnen bitte liebe Grüße von mir aus! Und du, du hast auch noch genug am Hals. Jetzt brauchst du dringend etwas Stärkendes. Es ist immer noch etwas dran an dem alten Sprichwort: Essen und Trinken hält Leib und Seele zusammen."

Kapitel 20

Anna reicht mir ihren Fotoapparat. „Der ist schön klein, den kannst du gut in deiner Jackentasche verstecken.

Ich umarme sie flüchtig. „Du bist ein Schatz! Und du hast noch eine ganze Menge bei mir gut."

„Aber sei vorsichtig!" warnt sie. „Soll ich Horst nicht doch besser einen kleinen Tipp geben. Es ist mir nicht wohl bei der ganzen Angelegenheit. Was ist, wenn du und deine Freundin Maja, wenn ihr mit eurer Vermutung Recht habt? Und was ist dann, wenn Sigrid die Pistole noch in ihrem Besitz hat? Sie hat doch nichts mehr zu verlieren."

„Es ist ja nur eine vage Vermutung. Eigentlich traue ich ihr so etwas gar nicht zu. Bei unserem letzten Ausflug dachte ich, mit der Zeit könnten wir uns bestimmt noch mehr anfreunden."

„Aber sie hat eine Menge Motive", findet Anna. „Ich bin sicher, dass der Kommissar eure Gedankenwege nachvollziehen kann. Er kann dir einen Schutz mitgeben."

„Das geht gar nicht," lehne ich ab. „Sigrid ist ein misstrauischer Mensch. So wurde sie schon von Kindheit an erzogen. Sicher würde sie sofort merken, dass etwas nicht stimmt."

„Also gut! Aber dann melde dich bitte sofort, wenn du wieder zurück bist!"

„Versprochen!" rufe ich ihr zu und eile davon.

Ich treffe Sigrid wie verabredet am Kessenicher Bergfriedhof. Von dort aus geht ein Weg zum Venusberg hinauf, denn ich habe ihr versprochen, ihr eine Revanche für unser erstes Minigolfspiel zu geben.

Genau wie ich hat sie sich in einen dicken Mantel gehüllt, einen Schal umgeschlungen und eine warme Mütze auf dem Kopf.

„Du wirst ja doch wieder gewinnen", behauptet sie, nachdem wir uns begrüßt haben.

„Wer weiß", antworte ich gedehnt. „Du hast dich gedanklich damit beschäftigt, du kannst jetzt schon viel treffsicherer geworden sein."

„Davon bin ich nicht überzeugt", antwortete sie. „Aber ich will kein Feigling sein."

„Macht es dir etwas aus, wenn wir gerade mal kurz den Friedhof betreten?" frage ich meine Begleiterin. „Gleich um die Ecke liegt das Grab der Großeltern meiner Freundin Maja. Sie hat mich gebeten, dass ich mal kurz nachschaue, ob die Grabkerzen noch brennen. Es war gestern so stürmisch, als sie hier alles zurecht gemacht hat."

„Von mir aus", sagt sie gelangweilt. „Ich habe den ganzen Nachmittag Zeit, da kommt es auf die paar Minuten auch nicht drauf an."

Wir betreten den Friedhof und finden schnell den Ort, den mir Maja beschrieben hat. Neben einem herbstlich bunten Blumen-Gesteck schimmert die rote Kerze mit einer kleinen, aber beständigen Flamme.

„Wie viele Menschen doch jetzt zu dieser Jahreszeit auf die Friedhöfe gehen!" beginne ich erneut das Gespräch.

„Damit habe ich nicht viel zu tun", behauptet sie. „Ich muss ja um niemanden trauern."

Ich fotografiere das Grab und anschließend Sigrid. „Wirklich nicht?"

Sie wehrt ab. „Was soll das? Warum fotografierst du mich schon wieder? Und um wen soll ich denn trauern?"

„Vielleicht um deinen Chef. Jeder Mensch hat doch irgendetwas Gutes, so sagt man doch. Und er war doch noch gar nicht alt."

„Das ist auch gut, dass er nicht noch älter geworden ist", fließt es aus ihr heraus. „Sonst hätte er noch mehr Schaden angerichtet."

Ich sehe sie herausfordernd an „Was hat er dir denn getan? Bist du so wütend, weil er deine Kollegen schlecht behandelt hat? Oder hat es dich gequält, dass er so brutal zu deinen neuen Freunden war, zu Luise mit ihrem netten Freund und zu Philipp, diesem liebenswerten jungen Mann?"

Sie lacht höhnisch. „Kein Mensch weiß, was er alles auf dem Kerbholz hatte. Er war schlecht zu seinen Angestellten, ja das stimmt. Er hat seine Frau und seinen eigenen Sohn körperlich und seelisch immer wieder misshandelt. Und er hat unzählige Geldanleger um ein großes Vermögen gebracht, auch einen Cousin von mir, der sich danach das Leben nahm. Er war der Teufel in Person und hat mich tyrannisiert, den ganzen Tag beschimpft, gemeckert und mich zu seinem Stiefelputzer gemacht. Aber das war noch nicht alles."

Bestürzt sehe ich sie an. „Ich habe vermutet, dass er dich auch schlecht behandelt hat, aber du bist bestimmt ein sehr sensibler Mensch. Wahrscheinlich hast du wahnsinnig darunter gelitten. Hat er dich auch geschlagen?"

„Ab und zu hat er die Hand gegen mich erhoben. Ich habe in der Kindheit schon von einer Betreuerin ab und zu einmal eine Ohrfeige bekommen, das war nicht das Schlimmste, aber er hat eben das Fass zum Überlaufen gebracht, und genau genommen war es ein Unfall."

„Hat er dich belästigt oder dich sogar missbraucht?" wage ich es, sie direkt zu fragen.

„Das hat er am Anfang versucht, aber ich habe ihm gedroht, es dem Personalrat zu verraten, und seitdem hat er die Finger von mir gelassen. Nein, das war nicht das Schlimmste."

Ein leichter Wind kommt auf und die rote Kerze beginnt zu flackern. „Es war in der Zeit, als Luise und Philipp in Rom waren. Da hat er mich abends spät noch zu sich nach Hause bestellt und mir viele Briefe diktiert. Zuletzt hat er dann ein neues Testament aufgesetzt, und es ging um mehr als fünfzig Millionen, die zum großen Teil in der Schweiz liegen. In dem Schriftstück hat er seine Frau und seinen Sohn enterbt. Als Grund gab er an, dass seine Frau ihn betrüge und sein Sohn sich schon lange von ihm entfernt habe. Er schrieb sehr viel Böses über diese beiden, es waren Unwahrheiten, mit denen er das Gericht davon überzeugen wollte, dass man ihnen nicht einmal bei einer Klage den Pflichtteil lassen sollte."

„Und was hast du getan?"

„Zuerst habe ich mich geweigert, das überhaupt zu schreiben. Aber er sagte mir, dass es nichts nutzen würde, den Umschlag für den Notar habe er bereits beschrieben."

„Als alles fertig geschrieben, unterschrieben und im Kuvert verschlossen war, sollte ich den Brief in den Briefkasten bringen, aber ich habe mich geweigert und den Brief in der Hand behalten. Wütend hat er ihn mir entrissen, ist dann zur Terrassentür hinausgeeilt und ich bin ihm nachgelaufen. Ich wollte ihm den

Brief entreißen, und wir haben miteinander gerangelt. Dabei ist in meiner Jackentasche der Schuss losgegangen und hat ihn tödlich getroffen."

Ich hebe die Augenbrauen. „Wieso hattest du eine Pistole bei dir?"

„Ich wurde spät abends zu ihm gerufen, da habe ich sie mitgenommen, um mich besonders auf dem späten Heimweg zu schützen."

„Und woher hattest du die Pistole?"

„Ich habe sie seit unserer Flucht. In jener Nacht wurde mein Bruder von den Vopos erschossen. Ich sah ihn neben mir sterben, aber er drückte mir vorher noch seine Pistole in die Hand und sagte: „Sei nicht so dumm wie ich! Wenn du einmal in Gefahr bist, sei diejenige, die zuerst schießt." Ich wollte bei ihm bleiben, aber er drängelte darauf, dass ich ihn verließ, denn die Spürhunde waren schon in der Nähe. „Du musst mir versprechen, dass du jetzt gehst", antwortete er sterbend. „Das ist mein letzter Wunsch." Deshalb bin ich gegangen, mit der Pistole."

Ich schlucke. „Und Trudi und Verena? Wie ist es bei Verena gewesen? Bist du ihre Freundin? Kanntest du sie schon von früher?"

Sie schüttelt den Kopf. „Nein, wir haben uns erst hier im goldenen Westen kennengelernt, auf einem Sachsentreffen, auf dem alle ihrer schönen Heimat nachgeweint haben. Dort haben wir uns beide nicht wohlgefühlt und sind auf den Hof gegangen, um eine Zigarette zu rauchen. Sie erzählte mir, wie sehr sie darunter litt, dass ihr Mann eine Geliebte hat, die sicher bald ihren Platz einnehmen würde, und ich versprach ihr, ihr zu helfen."

„Du hast geplant, Trudi zu erschießen?"

„Nein, zuerst bin ich ihnen nachgefahren, dem Manfred und seiner Geliebten, dorthin in den

Kottenforst, wo er sich immer mit dieser Schlampe getroffen hat."

„Sie hat ihn geliebt", werfe ich ein.

Sigrid sieht mich böse an. „Damit hat sie noch lange nicht das Recht, eine gute Ehe zu zerstören."

„Aber es war doch gar keine richtige Ehe", erkläre ich ihr. „Sie waren beide Spione und man hatte diese Ehe nur zum Schein geschlossen."

Sigrid sieht mich ungläubig an. „Die beiden waren Spione? Solche, wie die, wegen denen wir geflohen sind? Solche, die letztendlich auch den Tod meines Bruders auf dem Gewissen haben, weil wir ihretwegen in den Westen mussten?"

Ich nicke. „Das wusstest du nicht?!"

„Nein!" sagt sie entsetzt. „Davon habe ich keine Ahnung. „Ich sollte Verenas glückliche Ehe retten. Und ich wollte diese Trudi einschüchtern, damit sie den Manfred freigibt."

„Wie hast du das angestellt?" will ich wissen.

„Ich habe die beiden eine Weile beobachtet, und ich muss dir sagen, diesen Manfred fand ich wirklich widerlich. Er hat den Neureichen gespielt, der sich mit Geld alles erkaufen kann, auch die

Liebe seiner Gespielinnen. Eigentlich war ich mehr wütend auf ihn als auf diese Trudi. Doch dann habe ich sie in Alfter aufgesucht, als niemand anderes im Haus war."

„Du hast einen Einbruch vorgetäuscht, wahrscheinlich hinterher, aber wieso hast du keine Spuren hinterlassen?"

„Jetzt nimmst du wahrscheinlich an, dass ich doch in der Absicht dorthin gefahren bin, Trudi umzubringen. Aber so ist es nicht. Ich bin von Kind an so vorsichtig erzogen worden, alles in mir ist immer auf Achtung programmiert. Das wirst du nicht verstehen können. Auch wenn du nach dem

Krieg mit Trümmern groß geworden bist, kannst du es dir nicht vorstellen, was es heißt, jedem und allem misstrauen zu müssen. Es war ein kalter Tag, als ich zu Trudi ging, und ich hatte deswegen Handschuhe an."

Ich seufze. „Das wird dir nicht jeder glauben. Wie ging es weiter?"

„Sie hat mir die Tür aufgemacht, und ich sagte, ich sei eine Freundin von Verena. An meiner Aussprache hat sie gemerkt, dass ich auch aus Sachsen bin, und so hat sie mir das auch abgenommen. Da habe ich ihr den guten Rat gegeben, sich aus dieser Ehe herauszuhalten, aber sie hat mich nur ausgelacht und gesagt, Manfred habe versprochen, sie zu heiraten."

Ich atme tief. „Ja, vielleicht hat er das auch gesagt, er war ja ein Filou."

„Dann fing sie an, mir von Manfred vorzuschwärmen. Er sei ein Glückskind und habe ihr versprochen, dass dieses Glück auch in Zukunft auf sie abfärben würde. Da habe ich sie dann etwas verständnislos angeschaut und wollte wissen, wie sie das meint."

„Das würde mich jetzt auch interessieren", bemerke ich.

„Trudi sagte, Manfred sei so intelligent und zu diesen

Menschen fände das Glück ohne Umwege, er habe es auch verdient. Sie behauptete, er sei aus der DDR geflohen und ihm sei dabei nichts passiert. Deswegen ginge es ihm jetzt auch so gut, und genauso sei es richtig. „Man bekommt immer das, was man verdient." In diesem Moment dachte ich an meinen Bruder, der neben mir seinen letzten Atemzug getan hatte. Aber das hatte er nicht verdient. Da zog ich meine Waffe und schrie Trudi an. „Dann bekommst du jetzt auch das, was du verdienst." Und ich drückte ab."

Wir schweigen beide, und ich versuche, das alles zu verstehen, aber es kommt mir wie ein böser Traum vor.

Als sich meine Gedanken etwas sortiert haben, sehe ich Sigrid an: „Und jetzt hast du deine Waffe auch dabei?"

Sigrids Augen blitzen mich kalt an. „Ja, ich bin immer vorbereitet. Auf alles. Ich hatte sie sogar schon bei unserem ersten Treffen dabei. Aber zu dem Zeitpunkt hattest du ja noch keine Ahnung."

Ich sehe sie fragend an „Und jetzt? Kommst du jetzt mit zur Polizei?"

„Nein", sagt sie ernst. „Vielleicht verfolgst du keine bösen Absichten, aber sicher willst du dich profilieren und irgendjemandem mit deiner Tat imponieren. Du gehörst zu den Besserwissern, den Ehrgeizigen, die glauben, die Welt ändern zu können. Du willst die Heldin spielen und dich wichtigmachen. Auf jeden Fall hast du das hier verdient, weil du zu neugierig bist."

Sie zieht die Pistole aus der Manteltasche und richtet sie auf mich.

„Hände hoch!" schreit jemand hinter mir, aber da hat Sigrid schon abgedrückt.

Kapitel 21

Als ich aufwache, habe ich das Gefühl, dass sich alles um mich herum dreht. Mehrere Gesichter sehen mich an, und irgendjemand hält meine Hand fest.

Langsam erkenne ich die Einzelheiten: Ich liege in einem steril weißen Zimmer mit einem ebenso weißen Bett. Alles um mich herum scheint von einem plötzlichen Schnee befallen zu sein. Doch bei näherem Betrachten erkenne ich ein typisches Krankenhaus-Zimmer. Mein Kollege Horst sitzt auf der Bettkante und hält meine Hand fest.

Ich sehe ihn erstaunt an und meine Lippen pressen ziemlich unverständlich das aus, was ich sagen möchte. „Warum hältst du meine Hand? Würde ich sonst aus dem Bett herausfallen oder musst du dich festhalten?"

Er lächelt mich liebevoll an. „Ich habe mir solche Sorgen um dich gemacht. Und die roten Rosen auf deinem Nachttisch, die sind von mir."

Mein Gedächtnis kommt wieder: der Friedhof, Sigrid, ihr Geständnis, der Schuss! Tatsächlich gelingt es meinen Augenbrauen immer noch, sich hochzuziehen, wenn ich mich wundere. „Da muss man nur mal gerade in Ohnmacht fallen, und schon ist man verlobt, oder?"

Er lächelt. „Ich wünschte, es wäre schon so weit."

„Ich hoffe nicht, dass ich in der Narkose so etwas fantasiert habe." Ich wende mich an meinen Kollegen. „Ich gebe zu, dass du momentan der netteste Mann bist, denn ich kenne, aber mit allem anderen möchte ich doch noch ein bisschen warten."

Er küsst mich auf die Wange. „Das reicht mir momentan schon", sagt er zufrieden und atmet auf.

Neben ihm sitzt Maja auf einem Stuhl und hat Tränen in den Augen. „Was bin ich froh, dass es nur ein Streifschuss war, der dich jetzt so außer Gefecht gesetzt hat. Allerdings hattest du doch ziemlich viel Blut verloren, bis der Krankenwagen zu uns kam. Er wird ja nicht so oft auf einen Friedhof gerufen, glaube ich."

Sie beugt sich zu mir und umarmt mich. Einige ihrer Tränen befinden sich jetzt auf meiner Wange.

„Es wird alles wieder gut", tröste ich sie. „Auch in deinem Leben."

Jetzt entdecke ich zwei Gestalten, die hinter Maja stehen. Es sind Anna und Horst Wintertag, der Kommissar, und sie halten sich ebenfalls an den Händen.

„Was ist denn hier los?" frage ich schmunzelnd. „Hattet ihr gedacht, dass Ende der Welt sei nahe, und alle müssten in Frieden von dannen gehen? Oder wird auf dem Rhein gerade eine neue Arche Noah gefüllt, in die man nur pärchenweise hineingehen darf?"

Anna sieht den Kommissar glücklich an. „Sie wird wieder ganz gesund, sie ist schon wieder die Alte."

Wintertag dagegen ist der Einzige, der jetzt kein befreites Lächeln aufsetzt, er sieht mich sehr ernst an. „Das hätte auch ins Auge gehen können."

„Gott sei Dank ging es in den Arm", kommt es mir von den langsam beweglicher werdenden Lippen.

Doch der Kommissar hat momentan keinen Sinn für meine Scherze. „Du warst mehr als nur leichtsinnig, das weißt du hoffentlich. Und ich wäre froh, wenn du es tatsächlich meinem Namensvetter Horst, deinem Kollegen gestatten würdest, dass er ein bisschen auf dich aufpassen darf."

„Mal sehen", lasse ich alle im Unklaren. „Aber jetzt will ich endlich wissen, was mit Sigrid geschehen ist."

Wintertag räuspert sich. „Natürlich wurde sie festgenommen, und es gibt wohl noch viele Verhöre und viele Dinge, die zu klären sind. Denn obwohl sie behauptet, dass es keine geplanten Morde waren und sie die Schusswaffe stets nur zu ihrer eigenen Verteidigung bei sich trug, werden ihr das die Richter nicht einfach so abnehmen. Bei Hartmut wird man noch untersuchen, ob es tatsächlich ein Unfall gewesen sein kann, das schließe ich auch nicht ganz aus, aber bei so vielen Tatmotiven wird es für einen Verteidiger schwer werden. Gerade bei dem Fall Trudi sieht es momentan für die Staatsanwaltschaft wie ein Mord aus, selbst wenn er im Affekt geschehen ist."

„Und man berücksichtigt nicht, dass sie wegen des Todes ihres Bruders sicher immer wieder an ihren Schock erinnert wird?" frage ich erstaunt.

„Darauf wird sie nicht immer herumreiten können", meint Anna. „Aber vielleicht stimmt es die Richter etwas milder."

„Hast du etwa mit dieser Sigrid Mitleid?" erkundigt sich der Kommissar bei mir.

„Natürlich hat sie das", antwortet Maja für mich. „Sie hat ein Herz für Menschen, die es gebrauchen können."

„Aber jetzt musst du erst einmal an etwas anderes denken", findet mein Kollege, der meine Hand immer noch festhält. „Du solltest schnell gesund werden, und dann lade ich alle ein, die momentan hier im Raum sind. Ich bin Hobby-Koch, und ich zaubere für euch ein Festessen."

Wenn ich an Essen denke, wird mir ein wenig schlecht, daher wechsle ich das Thema. „Später, Horst! Ich hoffe, dass mir die Polizei trotz allem für meine Ermittlungen etwas dankbar ist."

Wintertag stöhnt. „Aber einen Orden bekommst du dafür nicht. Anna bekommt ihn, weil sie mir gesagt hat, wo du bist. Und du bekommst einen bunten Blumenstrauß von mir, weil wir jetzt durch dich, in diesen Schreckstunden erkannt haben, dass wir zusammengehören, Anna und ich."

Sie nickt und sieht mich mit leuchtenden Augen an. „Ja, manchmal stimmen die alten Sprüche doch. Oft liegt das Gute näher als man denkt. Und ich wollte meine echten Gefühle nicht ernst nehmen, bis ich jetzt in dieser Angst um dich erkannte, dass auch ein langweiliger Beamter sehr feinfühlig sein kann, auch wenn er sein Herz nicht immer auf der Zunge trägt. Horst hat mich liebevoll getröstet."

Maja klatscht in die Hände. „Eben war es hier noch traurig und still, und jetzt gibt es beinah eine Verlobungsfeier."

Eine Krankenschwester betritt den Raum. „Hier ist ja eine fröhliche Gesellschaft! Das erlebe ich nicht so oft im Krankenhaus. Kann man einmal fragen, was hier gefeiert wird?"

„Das Leben", antworte ich fröhlich. „Aber eins verspreche ich euch: In der nächsten Zeit werde ich mich mit Sicherheit mehr um euch kümmern. Ich bin froh, solche Freunde zu haben: dich Maja, dich Anna mit deinem Kommissar, dich, meinen sehr guten Freund Horst und besonders meine liebe Freundin Dagi in Hamburg, die jetzt leider nicht hier sein kann.

Aber ich bin sicher, sie denkt jetzt an mich."

ENDE

Nachschrift:

Der Brand des Einfamilienhauses auf dem Bonner Venusberg im Jahr 1974 wurde nie vollkommen geklärt. Die Versicherung zahlte wegen einer Unterversicherung nicht den Betrag, der einen kompletten Neubau hätte ermöglichen können. Durch einen

Teilverkauf des Grundstücks gelang es Majas Eltern nach einem Jahr jedoch wieder ein neues Heim auf der gleichen Stelle zu errichten. Sie verbrachten gemeinsam noch einige Jahre darin.